U0073932

彩雲國物語

鄰家白百合

作者●雪乃紗衣　插畫●由羅カイリ

Kadokawa Fantastic Novels

內頁插畫／由羅　カイリ

目　次

彩雲國物語

鄰家白百合

劇情簡介

◆秀麗通過考試，成為彩雲國第一位女性官吏。而愛上她的國王劉輝，則是大費周章的想要拉近彼此的距離！

◆另一方面，身為父親的邵可只能守著不顧危險，一心朝著夢想前進的女兒。擔憂化為焦躁，不知為何昔日的幻影緩緩的從心底湧現。

◆而紅家宗主黎深，則是過度守候著兄長邵可與侄女秀麗。似乎只對兄長跟侄女感興趣的他，不為人知的過去即將公開……!?

彩雲國組織圖

本表記述為基本關係圖。

[　]…人名

彩雲國國王

[紫劉輝]

禁衛軍

左右羽林軍

- 左[黑燿世]—[藍楸瑛]
- 右[白雷炎]

三師

（名譽職）

- [霄太師]
- [宋太傅]
- [茶太保]

四省

- 尚書省 [鄭悠舜]
- 門下省 [旺季]—[凌晏樹]
- 中書省
- 仙洞省

六部

- 吏部 [紅黎深]—[李絳攸]
- 戶部 [黃奇人]—[景柚梨]
- 禮部
- 兵部
- 刑部 —[歐陽玉]
- 工部 [管飛翔]

秘書省

府庫 [紅邵可]

御史臺

- [葵皇毅]
- [陸清雅]
- [紅秀麗]
- [榛蘇芳]

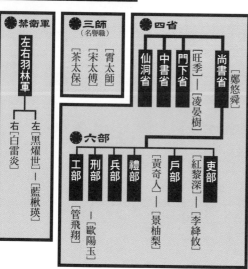

紫劉輝

彩雲國國王，單戀秀麗。
正努力成為一位賢明的君主，
不過目前遇到許多煩惱。

紅秀麗

名門貴族紅家的千金小姐。
由於家境貧困，因此作風相當
平民化，個性獨立堅強。

藍楸瑛

羽林軍將軍，出身名門藍家。
與同期的絳攸有孽緣，
是幾近完美的美男子。

茈靜蘭

紅家家僕。也是秀麗的保鏢。
其真實身分是劉輝的兄長——
清苑皇子。

紅黎深

吏部尚書，是紅家宗主，也是
邵可的胞弟。深愛兄長與侄女
秀麗，而且天資聰穎。

紅邵可

秀麗的父親。曾經身為暗殺
組織「風之狼」的首領，
代號「黑狼」。

李絳攸

吏部侍郎。紅黎深的義子。
為當今第一才子卻是個路癡。

珠翠

後宮女官長，擁有特異能力，
暗戀著邵可。

黑耀世

左羽林軍將軍。楸瑛的長官，沉默寡言的武將，經常跟白大將軍鬥嘴（？）

白雷炎

右羽林軍將軍。個性頗為豪放直爽，有辦法翻譯無言黑大將軍的內心話。

櫂瑜

黑州州牧。雖然已年逾八十，俊美模樣仍不減當年，是眾女性的偶像。

霄太師

王城的大老。只對能力足以擔任國王一職的王上效忠。有點壞心眼……

黃奇人

戶部尚書。與黎深在國試是同期，由於貌美驚人，於是將容貌隱藏在面具之下。

鄭悠舜

以宰相身分輔佐國王的優秀文官。能夠與黎深、奇人平起平坐，可說是難能可貴的人材。

胡蝶

貴陽當紅名妓，就像是秀麗的姊姊。

紅玖琅

紅家三男。有著在紅州苦撐家業的勞碌命，個性認真。

插圖／由羅カイリ

戀愛指南爭奪戰！

序

跟往年一樣，「他」今年也在旅途當中，來到距離貴陽只有些許路程的小鎮客棧稍事休息。年關將近的這段時間，從窗口可以看見匆匆忙忙、熙來攘往的人們。

他眯起淡然的雙眼，從二樓的陽台仔細凝望人們的表情。過去曾經是工作一部分的這個動作，究竟在什麼時候成了下意識的習慣，事到如今已不復記憶。

往來的人們臉上，已經沒有新任國王登基之後，顯而易見的不安陰霾。

遙望著遠方的年輕國王眼中，曾完全看不見百姓的身影。他去年也曾對此怒聲咆哮。那麼……

（……今年似乎不需要說教了。）

驀地，他注意到門外有一些窸窸窣窣的氣息。

「……讓我進去啦。」

「妳去年不是送過信了嗎？」

「就是嘛、就是嘛！搶先我們一步……」

他莞爾一笑，打開房門。

「……找我有何貴幹？」

意想不到的動作，讓三名在客棧工作的年輕姑娘瞠大雙眼。

倏然地，他注意到站在正中央的姑娘手上的托盤，小碟子裡擺滿了點心。

三名姑娘不約而同的紅了臉頰，正中央的姑娘用力遞出托盤。

「請用！是我們烤的，或、或許不合您的口味。」

「……我可以收下嗎？」

「當、當然。」

「那麼，我就不客氣了，謝謝妳們。」

他伸出手，然而不是伸向托盤而是姑娘的頭髮，他以指尖輕輕扶好姑娘頭上快要掉落的髮簪，然後才接過托盤。

「妳們一定有不少追求者吧，真羨慕能夠得到妳們芳心的男人。」

見他對自己微微一笑，姑娘們紅透了臉。她們慌張地低頭行禮，然後一起跌跌撞撞的跑向樓梯。關上房門的他，自然沒有聽見下樓梯的姑娘們用嬌滴滴的聲音興奮地大叫：「哇啊——」

「——一點都沒變，仍舊是這麼英俊帥氣的『爺爺』！」

一

那是秀麗即將參加國試前的那個冬天。

那一天，絳攸接獲秀麗通過性向測驗的報告，感到非常開心。

（——做得好。）

這樣就可以參加會試了。從夏天到現在一直負責指導，就近看著她努力的絳攸，感觸也特別良多。帶著並沒有比平日少的眉間皺紋，向國王確認議案內容。不過……

「州試及第的全部考生即將到齊，敬請陛下通知禮部做好準備，在明年初閱覽各州前三名及第考生的州試答案與名冊。」

「嗯……」

面對劉輝漫不經心、提不起幹勁的隨口回應，絳攸眉間的皺摺又多了一條。

「……由於是第一次開放女性參加國試，可以預見會產生各種混亂與不便之處。因為一位姑娘家必須跟一群男人同住好幾天的時間，包括如廁問題在內，必須盡快想出可預見的問題及其對策。」

「唔嗯……」

「……請陛下好好思考殿試的最後考題，唯獨這一點是微臣等人幫不上忙的。」

「嗯——」

看到絳攸的手不停顫抖，一旁的楸瑛若無其事的往後退了一步。

「……再過數天，黑州州牧櫂瑜大人也將會抵達，已接受他希望在朝賀之前謁見的請求。」

「嗯──嗯──」

「──據說陛下的寢室發生稻草人『分屍命案』，還請您節哀順變。」

「嗯──嗯──!?什什什什麼!?」

在此之前一直漫不經心的劉輝，表情出現了劇烈變化。

「孤、孤全心全意製作的『五尊』愛的稻草人慘遭分屍!?早上明明還在的呀!!唔……居然有辦法闖進孤的房間，可見對方是個相當厲害的高手。枉費孤那麼費心製作，絕對不能原諒！楸瑛！立刻加強宮城的巡邏──」

「你有完沒完啊!!」

絳攸手中的卷軸有如長矛般的飛出。

如果劉輝沒有及時擋下，肯定直接命中眉心，當場不省人事。

「到底是什麼時候多出那些東西的!!應該說，現在正是忙得不可開交的年關期間，你還有時間做那些玩意兒！」

「孤、孤是把政務處理完畢之後熬夜做的，有什麼不對嘛！」

「與其熬夜做稻草人，還不如把這些時間拿去睡飽一點，大笨蛋!!」

反射性的喊完才心想不妙，不過已經太遲了，可以想見站在後方的楸瑛一臉賊笑的模樣。

「就、就是因為你老是做些有的沒的，才會耽擱到白天的工作——」

「嗯？不，這跟那一點關係也沒有。其實這陣子孤一直在思考一件事情。」

見劉輝一本正經，絳攸跟楸瑛臉上的神色也轉為認真。

劉輝擱下筆，眉間皺起，雙手交叉，深深的嘆了一口氣。

「孤覺得，孤跟秀麗的關係從春天以後就一直沒有什麼進展。」

叩、叩、叩、叩、叮——！

……好長一段時間，絳攸跟楸瑛一句話也沒說，不，是說不出話來。

楸瑛慢慢揉著太陽穴。

（到、到現在才發現啊……）

基於同情心，楸瑛很想拍拍國王的頭表示安慰。

另一方面，絳攸的臉變得有如戴上面具般的面無表情，視若無睹的繼續工作。

不過，劉輝卻絲毫不氣餒。

「所以，孤必須在新年來臨之前，好好思考方針與對策。因為明年秀麗大概會很忙，而且，俗話說，千里之行始於足下，對不對？」

這句話真是形容得太好了，楸瑛心想。說得一點也沒錯，遺憾的是——

（重點是，根本連一步都還沒有踏出去呀……）

而且，距離還有整整一千里這麼遠。

看到他帶著小狗般的目光向自己求情，楸瑛無言以對。究竟要用什麼樣的措詞才不會傷害對方，而又能夠傳遞實情呢？

「說、說的也是……」

「楸瑛，不准心軟，別理他。」

「絳攸你好冷淡！做臣子的聽聽孤的煩惱有什麼關係嘛！」

宛如冰柱一般的視線射向劉輝。接下來，令人吃驚的是，絳攸拉來一旁的椅子，在劉輝身邊用力坐下。然後給自己泡了一杯茶，自個兒喝了起來。

「——那我就聽你說吧，雖然我不知道你對我有什麼期待。」

再怎麼樣劉輝也發現自己挑錯人選了，跟絳攸傾訴戀愛的煩惱幹嘛啊。不過，劉輝也已經走投無路了，如果有人願意聽，就算是絳攸也無所謂。

「那、那個，其實在春天的時候孤遇見了一位姑娘……」

劉輝正襟危坐，兩手端正擺在膝蓋上。

「她是為了錢才會嫁給孤……嫁給我，所以等到交辦的工作結束以後，拿了報酬就匆匆忙忙、二話不說消失得無影無蹤。」

「……哦，是嗎？」

雖然是事實沒錯，但為什麼聽起來好像這是一個壞到骨子裡的女人？絳攸心想。

「我一直忘不了她，接下來就不斷送禮，也每天捎信給她……可是，不曉得她是不是顧慮到我的立場，所以遲遲沒有回信。這就叫做獅沉大海吧？」

「……石、石沉大海啦。」

雖然事實以下的部分省略，單單聽這番描述，怎麼想都覺得這是一個被當成了凱子還沒有察覺，不斷遭到欺騙與玩弄的笨男人。

「就這樣，到現在都已經接近年關了，好像一點進展也沒有。」

絳攸啜著茶，為了帶過沉默不語的場面。楸瑛手扶著牆壁，拚命忍住不要爆笑出聲。現在腹肌比起做了不得要領的鍛鍊還來得痛。

劉輝結結巴巴的努力說明：

「就在我們一起生活的那段時間，雖然她很愛生氣，但是也很溫柔，親手做的點心很好吃。每天晚上還會拉奏優美的二胡給我聽，幸福就是這麼一回事吧。繡著櫻花的手帕是我一生的寶貝。她離開之後，我覺得好寂寞，可是我還是忍耐……不過，聽說她雖然忙著補貼家計，但每天都過得朝氣蓬勃，活力充沛。」

杯中的茶水已經見底。絳攸很後悔，早知道就把茶壺擺在伸手拿得到的位置，結果現在覺得場面有點尷尬。

「她筆直朝著夢想前進，對孤不屑一顧……不過沒關係，孤現在每天熬夜做稻草人，一邊守候，一邊祈求她的夢想可以實現。」

稻草人不斷增加的謎團解開了。

「可是明年，很有可能會因為諸多因素與她漸行漸遠。所、所以在這之前，希望，可以跟她縮短距離，就算只有一點點也好。」

「還請多多幫忙。」見國王深深的低下頭，絳攸冒出一身冷汗。原本打算大喝一聲，叫他乖乖回去工作，不過……現在這番話所透露著某種事物讓他打消這個念頭。

「……呃、總之先喝杯茶吧。」

「啊，好的，那就麻煩了。」

完全不像是國王跟臣子間的對話。

絳攸瞥了「那方面的專家」一眼，只見那人活像得了痙攣一樣，抱著肚子不停打顫，看來是派不上什麼用場了。真是的，這個人每次到了緊要關頭老是發揮不了作用。

回過神來，發現劉輝眼珠往上看，定睛凝視著他。絳攸的喉嚨發出吞嚥的聲響。

一雙滿懷期待、有如小狗般閃閃發亮的眼睛，毫不掩飾的等待建言。

——你還是轉移目標吧。

絳攸只有這句話可說。

三人基於三種理由，莫名的緊張感持續升高，就在即將抵達沸點之際——

倏地，劉輝跟楸瑛同時抬起臉。

絳攸循著他們的視線望過去——大吃一驚，不曉得房門何時敞開了。

「……反應太慢了，楸瑛。」

雖然只是輕裝，但穿著一身符合其職位的鎧甲，挺直站立的姿態看不出一絲破綻。

楸瑛一認出是他們，手指隨即放開劍柄。彎下腰，握拳貼住手心，對著長官行禮。

難得的訪客讓劉輝瞠圓了雙眼。

「原來是黑大將軍大人與白大將軍大人。」

走進房內的分別是統率近衛——左右羽林軍的兩大將軍。

二

「年底之前要舉行武術大會？不是在新年嗎？」

兩大將軍的提案讓劉輝不解的側著頭。如果是配合賀歲的祭神比賽倒是可以理解——

「微臣明白那是最忙碌的時期。」

右羽林軍大將軍白雷炎抓著頭。

「其實並不打算把規模弄得跟御前比賽一樣盛大，只在羽林軍內部舉行就可以了。」

「……那為什麼要在年底呢？」

劉輝的視線投向退居至長官後一步的楸瑛身上，但楸瑛似乎也是第一次聽到這件事情，只見他搖搖頭。

「啊——喂，我說燿世，你不要一聲也不吭，趕快幫忙說明呀。」

楸瑛的長官，也是左羽林軍大將軍黑燿世，他的沉默寡言與面無表情是眾人皆知的事情。不過更有名的是——

「……啊啊？你說你講過了？你以為你是什麼東西呀？我早說過，我可不是你的臉部表情翻譯員啊！煩不煩啊，你這個欠缺表情筋的傢伙，開什麼玩笑！我看戶部尚書大人的面具，要比你這張臉皮可愛太多了！怎樣！想動手嗎！喂！」

兩大將軍關係之惡劣，動不動就會火花四濺。

黑燿世明明一句話也沒說，兩個人也有辦法吵架，那股沸騰的殺氣讓楸瑛緊張的往前踏出一步。不過——

兩大將軍同時轉向楸瑛。

「——別傻了，我們怎麼可能在陛下面前劍拔弩張！還不快退下！我說楸瑛，你這陣子是不是太懶散了？想玩文官家家酒的話，乾脆調職好了。如果還想當你的羽林軍將軍，待會就到練習場來露個臉。」

黑大將軍也微微頷首。看見燿世平靜的眼神，明白自己以忙碌為由而疏於鍛鍊，楸瑛羞愧的看著地上。對於當初就是因為黑燿世才會加入左羽林軍的楸瑛而言，被他看出自己反應遲鈍是再丟臉不過的事情了。

「……是。非常抱歉。屬下必定前往，還請多多指教。」

「算了，在這個時期讓人傷腦筋的也不只有你一個。」

兩大將軍迅速交換了目光。

白雷炎似乎臨時改變主意，認為現在不是吵嘴的時候，於是大大的呼一口氣，重新看向劉輝。

「陛下，請恕微臣羞愧的稟告，其實每年到了年底羽林軍的戰力會降低兩成左右。正確來說，是幹勁與士氣大幅度降低。」

「……啊？」

「唯獨這段期間，不管我跟燿世如何威脅、痛扁、在他們身上綁著石頭丟進河裡，他們就是比斷了線的兜襠布更像廢物，或者就跟那邊那個好色小子的兜襠布下的東西一樣。」

對此楸瑛無法再悶不吭聲了。

「白大將軍大人，您這句話屬下不能聽聽就算。」

「哼，是嗎？你不是沒比我的好用多少。」

「將軍大人的已經超出一般標準範圍之外！我的可是比斷了線的兜襠布要來得好用!!」

意想不到的話題讓劉輝聽得津津有味，絳攸眉間的皺摺卻又多了好幾條。話題完全沒有進展。

就在這個時候，早就當成家常便飯的黑燿世以目光取得劉輝的同意之後，下一瞬間拿起腰際的小弓箭連續射出兩箭，毫不客氣的瞄準兩人重要的寶貝——

假如不是楸瑛跟白雷炎，肯定會落到被強行去勢的下場。

——位在鴉雀無聲的房內，黑燿世若無其事的以目光微微向劉輝致意，催促話題繼續下去。

不經意窺見了軍隊可怕之處，劉輝跟絳攸臉色蒼白，無言以對。

話說，精銳的羽林軍武官們，之所以到了年底士氣低落的理由就是——

「今年又是被兩位大將軍大人操到不行的一年，別說成家了，甚至連認識可愛姑娘的機會也沒有……」

不管是往右看，還是往左看，全是充滿汗臭味的男人。等待在嚴格訓練之後的——

「如果你不介意，請用這條毛巾。」

「你練劍的模樣真的好帥氣。」

「對了，下次要是做便當來，你會吃嗎？」

並不是一群宛如仙女般，年輕溫柔的少女。

「流汗就拿兜襠布擦一擦就行啦!!」（↑魔鬼長官）

「前輩，今天全神貫注的模樣真是太帥了!!實在太棒了!!」（↑髒兮兮的男性後輩嘶啞的聲音）

「喂，今天負責煮飯的是誰呀！裡面怎麼只有紅蘿蔔而已!!」（↑悲哀）

一整年都是過著這種苦悶的日子。提到近衛羽林軍是精銳中的精銳，武人的最高指標，全體武官憧憬的對象，加入就是一種榮耀。但一想到明年又要過著這種全是一群臭男人的日子，實在太悲慘了——到了年底忍不住回顧一年來的日子，羽林軍（單身占大多數）的武官只要想到不斷惡性循環黑暗的明年，只能哀聲嘆氣，士氣低落到有如無底的泥沼。

「——因此，這次打算趁著年底之前好好磨練這群小子，所以才來請求陛下舉辦武術大會。」

「原、原來如此……不、不過呢……」

劉輝畏畏縮縮的看著兩大將軍。

「……那個、年底舉辦一群臭男……咳咳，一群男子漢的武術大會，不等於是雪上加霜嗎？」

年末還要被迫參加只有一群男人的比賽，簡直就是慘絕人寰，搞不好會絕望到跑去上吊。

劉輝不經意的制止，讓白大將軍眼睛一亮。

「請陛下不用擔心，微臣已經為優勝者準備好特別的獎品了。」

「特別的獎品？」

「微臣事先捎信給正打算前來貴陽參加朝賀的櫂州牧大人，已經取得大人的同意。優勝者將可得到由櫂州牧大人親自傳授的『一對一完整戀愛指南』。」

……「喀啦」一聲，毛筆從劉輝手中滑落。

這句話徹底打動了正為「希望縮短兩人距離」而煩惱不已的劉輝的心。

● ● ● ● ●

「……糟糕……」

趁著姮娥樓的工作空檔處理私事，俐落地撥打算盤的秀麗，看到不管計算多少次都沒有改變的本月家用餘額，不禁冷汗直流。

「……錢、錢不夠……」

幸好白米還剩下不少，反過來說，就是只剩下白米而已。

（這、這下子就沒辦法張羅除夕跟新年的團圓大餐了……）

飯糰、醬菜、炒飯、白蘿蔔、白粥、蔥、蕪菁跟……丸子？

白米跟青菜，果然是白得夠刺眼的「大餐」。

（我不要過這種新年!!）

從夏天開始，以準備國試為優先，大幅減少兼差是一大敗筆。當然，如果不要拘泥於非吃大餐不可，也是可以想辦法啦，只不過……秀麗早就決定唯獨在除夕跟新年，一定要準備豐盛的大餐。一來是感謝三人能平平安安，沒有發生重大狀況，健康的度過一整年，二來是祈求未來的一年也可以過得順順利利。最重要的是希望好好珍惜今年的每一天。

（因為明年不一定能跟爹和靜蘭三個人一起迎接新年——）

秀麗在腦海中，詳細排列著到年底為止收入較高的工作。然後……

「……胡、胡蝶姊……」

秀麗端正跪坐，對著姮娥樓幕後的女主人深深的低頭行禮。

「那個，方便的話，希、希望在年底以前，能夠增加我在這裡的工作量。」

姮娥樓第一名妓——在貴陽也是數一數二的絕世美女胡蝶聞言，在她冶豔的美貌上，勾勒出興致盎然的笑容。

「哎呀哎呀，真是稀奇。秀麗妳居然也會入不敷出啊。」

「唔、是的……實在很慚愧。」

「呵呵。這個嘛……啊啊，對了，我手邊正好有個案子。」

胡蝶伸出纖手，細長的指尖輕輕捏住秀麗的耳朵。

「只要半天——就可以賺不少錢。」

一聽到在耳邊低語的金額，秀麗睜大雙眼。除夕新年的大餐根本就是芝麻小事。

——半天黃金○×兩!?

「——該不會是見不得人的工作吧!?」

「這是值得信賴的雇主委託的，儘管放心吧，而且我也會參與這項工作，要不要一起合作呢？」

以前曾經禁不起五百兩黃金的誘惑，傻傻的接下了意想不到的工作，不過——這次胡蝶姊也會同行。

既然如此，就可以放一百個心了。

秀麗沒來由的如此認為。

「——我接！請讓我接這個工作!!」

燃眉之急，現在也顧不得那麼多了。

三

——現任的黑州州牧櫂瑜。

他經常在四處巡視，因此他的大名無人不知無人不曉。政務方面與朝廷三師平起平坐，是一位名副其實優秀的高官，此外在私底下——

「跟其他男人的水平完全不同。」

「『年輕的時候』可是個讓人神魂顛倒的俊美青年耶!?」

「可是、可是呢，那位大人除了俊美的外貌，最重要的是內涵。親切溫和又誠懇。尤其是看到他的微笑，我就受不了了……」

「沒錯、沒錯！只要待在他的身旁，就會感覺到身為女人的幸福。」

「而且啊，他雖然對每個人都很好，但絕對不會拈花惹草。內心所愛的只有一人……太帥了。」

「哎呀呀，沒想到他居然『已經年過八十』了，真、真讓人不敢相信！」

無論家世、外貌、修養，甚至讓經過嚴格篩選的宮女們，也以現在進行式變得失魂落魄的「八十多歲」老人——正是櫂瑜。此外，他跟一般的美男子有著決定性的不同之處，那就是不僅女性，也深獲同性的熱烈支持。

「哎呀，真的是很帥氣。」

「絕對不會只對女人親切。」

「沒錯、沒錯，這是非常重要的。」

「之前，我在眾目睽睽之下遭到女官嚴詞拒絕，差點就當場哭出來，就在這個時候櫂瑜大人英姿颯爽的走上前，不但訓斥那名女官，還好言安慰我。我真的快被大人迷倒了。」

「唔哇，那的確是很不妙耶，真的會迷上哦。」

「換成是我，一定會哭出來！」

「對吧，真的是，根本比不上大人。」

「大人從年輕時候開始，就是個好男人嘛。」

迄今仍然沐浴在不論男女老少的熱情視線之下的他，活生生的就是傳說中的美男子。

因此，那一天在羽林軍所造成的轟動，正足以跟火山爆發匹敵。

平日沒辦法好好跟姑娘家開口的眾家男性，無聲的喜悅震動著大地。

「　歲末羽林軍武術大會

　優勝者獎項

【櫂州牧大人的完整戀愛指南】　」

意思就是由櫂瑜親自傳授戀愛必勝祕笈！

——這下非贏不可!!

對於只有一群臭男人的羽林軍生活哀嘆不已的年輕武官們，眼神為之丕變。眾人爭先恐後的趕來報名，而且從當天起，連日來展開一場從未有過的，氣勢驚人的嚴格鍛鍊，現在的羽林軍是有史以來最為強大的軍隊。超乎想像之上的效果，讓兩位大將軍與其說欣喜，反倒是悲從中來。

（之前真是委屈你們了……）

兩大將軍暗自在心裡反省。

不過，刮起強烈旋風的不僅只有羽林軍而已，隸屬軍方其他單位的武官們，在得知獎項內容之後，也發出強烈抗議，表示他們也要參加，於是兩位大將軍自然是從善如流。文官方面也出現不平的抱怨，不過，文官根本不可能勝過每天過著殺伐生活的眾位武官們殺氣騰騰的意志，與懾人心魄的瞪視。

「我們已經沒有退路了!!」

某位武官的這句吶喊，足以代表所有人的心情。

就這樣參賽者不斷增加，終於到了比賽當天——

四

這一天，皇宮瀰漫著異常的熱鬧氛圍，因為即使羽林軍在舉辦比賽，文官們也會像平常一樣的工作。但是，這一天不曉得為什麼，會在奇怪的地方看見武官。

例如，戶部尚書房——

「……請問～有何貴幹？」

戶部的景侍郎鼓起勇氣，詢問從早上就筆直站在尚書房一隅的武官。戴著面具的黃尚書卻打算視若無睹，專注的處理政務。

「您辛苦了！請繼續您的工作，不用理會屬下。」

「啊……」

景侍郎也覺得莫名其妙。

（對了，今天陛下下旨要在中午以前把工作做完，那又是為什麼呢？）

這時，黃尚書突然停下筆：

「——礙眼，還不快滾。」

「是的，非常抱歉！今天還請多多幫忙。」

不畏黃尚書冷冰冰的威嚇，武官紋風不動的態度讓景侍郎欽佩不已，但在不久之後，他才明白「幫忙」這句話的含意。

話說，紅邵可府邸的家僕茈靜蘭，今天仍去擔任米倉衛兵。

他當然知道今天是什麼日子，但對靜蘭來說，這跟他完全沒有關係。

（……如果優勝的獎品是錢、糧食或生活用品，倒是可以考慮參加……）

可惜人生不如意事十常八九。

不過，靜蘭很在意一件事情。那就是秀麗今天早上的心情顯得特別好。

「其實啊，今天有一份很好賺的兼差哦。你就好好期待吧。」

偏偏在「今天」有一份「很好賺的兼差」——

（……呃，武術大會應該是沒有可以兼差的工作給小姐做吧——）

就在這個時候，有兩名武官從眼前快步通過。

「啊，你要中途報名嗎？怎麼可能會優勝啊？」

「可是啊，我偶然聽到一個消息，據說最後一關的地點是在後宮哦！而且藍將軍憑著私人管道找了姮娥樓來幫忙。」

「真的嗎!?」

「就算沒辦法拿到優勝，只要可以闖到最後一關，搞不好就可以見到，就算賺一輩子也見不到的超級大美女哦!?而且還、還、還可以進一步認識……」

「我、我我我我也要報名——!!」

看著兩名武官飛也似的跑開，靜蘭的額頭流下汗珠。

——就算秀麗拚命隱瞞，靜蘭也早明白她的「祕密兼差」是什麼了。

也知道所謂「很好賺的兼差」，八九不離十都是來自「那個地方」。

他相信胡蝶。

不過，這次的優勝獎品偏偏是「終極戀愛指南」。在「後宮」，跟「妓女」一起，到底是什麼樣的兼差啊？

小姐固然聰明，卻容易受到巨額收入的誘惑，內容問也不問的就馬上接下工作。

「……………」

於是，靜蘭自行結束米倉衛兵的工作，以驚人的速度衝到比賽會場報名。

左羽林軍將軍藍楸瑛，對於襲擊著全身的猛烈殺氣，不禁輕揉起太陽穴……相較起來，單騎衝進十萬大軍可能還比較好過一些。

「那、那個～藍將軍大人？」

雖然已是成年人，但因為臉上淡淡的雀班，所以經常被誤認成少年的皋武官出聲喊道。他隸屬於左羽林軍楸瑛的麾下，外表看起來乖巧，忠誠度相當高，能力也十分優秀，未來前途不可限量。

「將、將軍大人您也要出場嗎？」

「……因為黑大將軍直接下令……」

以靈敏的聽力捕捉到這段對話的周圍眾位武官，殺氣與怨念隨即增強百倍。

（……真過分……）

（太過分了。）

（明明那麼受歡迎了！）

（長得帥，頭腦好，超級有錢，武功高強，又位居將軍，都已經那麼受歡迎了！）

（到底跟我們有什麼仇啊？）

（完全不懂走投無路的我們，希望最起碼可以跟姑娘們說說話——這種悲哀的心情！）

皋武官直接遭受這股殺氣餘波的衝擊，頓時全身打顫。平日對楸瑛效忠的眾位武官，唯獨今天只能顧眼前而忘了自己。擺不平的話，說不定會鬧出人命來。

「……請、請問，您真的要出場嗎？」

見部屬暗中勸告「還是不要比較好」，楸瑛輕輕一笑：

「我已經有好一陣子沒來兵舍了，這次剛好是個機會，可以活動一下僵硬的筋骨，順便讓我瞧瞧大家的實力進步了多少。」

看到長官對於周圍的殺氣面露苦笑，卻仍擺出悠然自得的態度，皋武官嘆了一口氣。羽林軍將軍這個頭銜可不是單憑家世背景就可以輕易勝任的。

「……原來您是頭號障礙人物……」

意思就是，至少必須打敗楸瑛才能取得優勝。況且，既然擺出「身為長官的表情」，就代表不會手下留情吧。

「當然啦，一路上總會遇到一些阻礙吧。不過我比較意外的是，你也來報名參加。」

「屬下是想試試自己的身手，這是能夠跟同袍以外的人交手的大好機會。啊，不過我也想娶個老婆好過年，當然是以得到優勝為目標。」

「要是沒獲勝，那就換我來教你好了。」

「呃——哈哈哈，屬下想知道的並不是如何受到姑娘們的歡迎，而是與喜歡的姑娘之間能夠拉近距離的方法。」

部屬不經意的一番話，讓楸瑛的心臟猛然一跳……真、真是一針見血。

眼看開賽的時間不斷逼近，以及黑壓壓的人牆，皋武官側著頭說道：

「不過，不曉得會採取什麼樣的比賽方式？看這個人數不太可能單挑——」

在高掛於天空的太陽照射之下，象徵時鐘的大鼓敲出聲響——正午時間到了。

羽林軍兩大將軍從瞭望台頂端現身。

「現在，羽林軍主辦的歲末大會正式開始。由於人數太多，所以不是採用一對一的比賽方式，而是以關卡淘汰制。」

整個會場鴉雀無聲，白大將軍的嗓音顯得特別嘹亮：

「關卡有三個。第一關在宮廷外，第二關在宮廷內，最後一關就是位於最深處的，後宮！」

聽到最後一句話，從全場各處發出充滿野性、精神抖擻的吶喊。

「仔細看清楚每個關卡的淘汰規則。在通過所有關卡之後，最後一處擺設了某項物品，只要搶到那項物品的人就是優勝者。不過，我跟燿世會守在那裡。」

眾位武官呆若木雞，尤其是隸屬羽林軍的武官們差點沒化成灰，就連楸瑛也啞口無言。不如叫他們變成鳥好了，這樣還比較有希望。

似乎是聽見了眾人內心「這根本是不可能的嘛！」的吶喊，白大將軍摸了摸短髭說道：

「我又沒說非得打倒我們兩人不可？只要拿到那項物品就行了。例如說，跟倖存者聯手布陣，趁隙躲開我跟燿世，然後搶到寶物之類的方式。」

眾位武官的雙眼燃起了微弱的希望之光，這麼一來，或許還有一線生機。

「不過，我們也會追過去哦，最保險的方式還是打倒我跟燿世啦。儘管放馬過來吧，明天起世界會變得不一樣哦！」

站在一旁的黑大將軍也用力的點頭。不過，所有人都明白話中指的是名為「來世」的世界。才不想這樣死掉呢。

「大致上就是這樣吧。喂，你們這群小子給我聽清楚了，身為武人的必備條件就是——」

站在一旁的黑大將軍，把手上的物品拋至半空，尺寸是一般卷軸三倍大的大型卷軸，不停旋轉然後落在地上。以鮮明字跡寫在上面的格言就是——

「一是努力，二是毅力，三四是智慧跟體力，五是一級棒的長官，最後的最後則是運氣。」

五寫錯了，應該是沒天良的長官才對。

「好好記住這六大項目，其他單位可不要小看咱們羽林軍啊！只要一個輕忽大意，小心吃不完兜著走！」

白大將軍一認出楸瑛，立刻揚起單邊的臉頰笑道：

「去扯別人的後腿也是合理的，在戰場上這也是戰術的一種，不分長官部屬，只要眾志成城，同心協力，原本一對一打不贏的傢伙也會慘遭痛扁哦！」

聞言，周圍立刻湧現一股危險的氣息，楸瑛深深的嘆了一口氣：

「櫂州牧大人即將在今天抵達貴陽，好好加油取得勝利吧。」

男人們瞠大了雙眼。一股讓人無法想像現在正值寒冬的熱氣升起，彷彿還可以看見火焰。

「準備開始。第一關——」

黑大將軍將第二個卷軸拋至半空中，只見大剌剌的數個字——

「抽籤（有空白籤哦）。」

五

馬車外的景色讓秀麗看得冷汗直流，到中途的時候就覺得不太對勁——

「……胡、胡、胡蝶姊!!」

「嗯？」

「兼、兼兼差的地點是在——」

「看就知道了吧，皇宮啊。」

這條路確實只通往王城沒錯，可是記得這條路是——

「那、那、那個，這條路銜接的大門，好像是後、後、後宮耶。」

「哎呀，妳真清楚。沒錯，今天的工作地點就在後宮。」

「後宮!?」

「一位老主顧的委託，問我能不能帶幾個漂亮的妓女過去？嗯，時間只到傍晚的話，也不會影響到生意，我覺得很有意思，所以就答應了。」

雖說一方面是看在楸瑛委託的份上，但胡蝶會答應也是基於考量到，或許有機會以下街眾頭目中的一人的身分審視新任國王，但她並沒有把這個想法告訴秀麗。

「其他姊妹已經先走一步了，我們是最後——哎呀呀，妳要上哪兒去？」

秀麗不發一語的打算跳下正在行進的馬車，結果被胡蝶修長的手指拉了回來。

「這樣太危險了。」

「對不起，我突然覺得腰痛、頭暈目眩、肩膀痠痛、全身疲勞等等——請讓我現在就回家去。」

「妳在胡說些什麼啊？妳不想治好缺錢的症狀嗎？」

「唔……」

一擊命中最大的要害，秀麗一時重心不穩，腦海裡忍不住盤旋、圍繞著這次的報酬。

（不、等一下、我要冷靜一點！是後宮耶!?）

半年前，還單手搖著圓扇，戴著假面具說說笑笑的地方。那裡有珠翠，女官們當然也還記得自己的長相。

「——胡蝶姊，請問這次到後宮要做什麼呢!?」

如果是清洗碗盤，她當然樂意之至，但事實上，是不可能讓這群貴陽名妓做這種事情的。該不會是劉輝突然性情大變，想仿效歷史上的昏君大興酒池肉林——

（我、我也沒資格說三道四啦——不對，如果把我也扯進去，不就更亂七八糟了嘛！）

這時胡蝶咯咯的輕笑起來：

「妳在胡思亂想些什麼啊？我說過只到傍晚，而且只要一直坐著就行了。」

「……啊？一直坐著？」

「是啊，可以打扮得很可愛，又能吃點心零嘴，等到了傍晚就可以回家了。」

「跟、跟男人嗎？」

「不，之前吩咐過，萬一男人來了就隨便應付一下。」

「？？？」

看來不是酒池肉林的樣子，但愈聽就愈是一頭霧水。

「……唔嗯？啊啊，好像已經到了。」

秀麗本能的躲在胡蝶身後，但是遲了一步，車門已經被推開。

一名與胡蝶的氣質截然不同，卻擁有不相上下美貌的女官，展現出完美無缺的禮儀前來迎接。

身為優秀女官長的她，臉龐難得露出濃濃的疲憊神色。

「這次專程前來，深感惶恐。妾身是後宮女官長，小名為珠翠。今日煩勞各位，如有招待不周敬請見諒——」

珠翠的目光停留在秀麗臉上，話說了一半便突然中斷。其他女官由於低頭行禮，所以尚未注意到秀麗。

秀麗腦子一片空白，根本不知所措，活像是遭到妖怪追趕般拚命的搖著雙手。

珠翠微微一笑：

「……那麼，請兩位往這邊走。」

珠翠迅速遞了一把圓扇給秀麗。

秀麗沒有比這個時候更感謝珠翠了。她顫抖著接過圓扇，遮住臉走下馬車，既然已經到了這一步，就沒辦法再回頭了——雖然目前還不知道要做些什麼，也只有硬著頭皮去做了。

（只、只要在傍晚之前不要被拆穿就行了。）

黃金○×兩！秀麗有如念咒般的不停複誦這句話，於是在兩位絕世美女的簇擁之下，朝著盡頭走去。

●　●　●　●　●

楸瑛抽了籤——讀完籤條上面的「指令」之後，忍不住按著額頭。

（……真是個難題。）

這下他明白兩大將軍宣布的「智慧、體力、運氣」所代表的含意了，看來這次不是單憑武功就可以順利闖關，正在思索該如何因應之際，一股危險的氣息籠罩在四周。

「啊喂，帥哥將軍大人——」

「我們來扯你的後腿了。」

這群人當然不是羽林軍的部屬，從身上的配件來看，應該是十六衛的下級武官——意思就是，幾乎跟地痞流氓沒什麼兩樣。

「從以前就看你很不順眼。」

人數大約有十名左右。

楸瑛拔出佩劍，目中無人的笑道：

「——那就讓我瞧瞧你們有多少斤兩吧。」

「什麼！」

一下子就中了別人的挑釁。

楸瑛在一壺水還沒煮沸的極短時間內，就已經解決所有人了。

（接下來——難關才要開始。）

「刻意」放鬆的一瞬間，瞄準要害的弓箭隨即連續從身後發射而來。

與剛才的烏合之眾不同，以訓練有素的動作迅速排列陣形，精確算準了楸瑛打落弓箭的空檔，長槍與長劍接連施展攻擊。

楸瑛從容不迫的以長劍與護臂擋開第一波攻勢，臉上的表情不禁轉為和緩：

「——短短的時間，你們進步了不少。」

看到部屬們的身手比平時練習時來得俐落，楸瑛忍不住的想吹口哨歡呼。

眾左羽林軍武官並未窮追猛趕，而是全部後退，對著長官行禮：

「剛剛是在向您打招呼，藍將軍大人。」

「屬下覺得今天的狀況特別好。」

「不管怎麼樣，絕對不能讓女人緣本來就好得不得了的將軍大人獲得優勝。」

「屬下也想交個女朋友！」

「等您體力耗盡的時候再來單挑。」

那麼屬下先走一步！說完，就當場跑開。臨走之前也不忘發射弓箭，冷靜判斷目前仍贏不了擺好架勢的楸瑛是非常正確的。

楸瑛的嘴角浮現笑意，能夠感受到部屬出色的實力令他欣喜不已。

（很好。）

雖然平日溫文爾雅，但楸瑛畢竟是一名武人，眼神有如發現獵物的野獸一般閃閃發亮。

楸瑛隨手收拾掉一群只看表面便直接撲上來攻擊的雜兵之後，趁著空檔再次閱讀突破關卡的

「指令」。
（……接下來，該怎麼做呢？）
看到眾位武官各自拿著籤條往四面八方奔去，可見指令內容因人而異。放眼望去，正好看見一名武官敲破結冰的池面，開始在寒冬當中游泳。
（啊，記得那個池子養的魚是肉食性……）
果然是自己的長官，一點也不留情。
楸瑛再次瞪視自己的籤條。他的「指令」是——
『逗笑禮部的魯大人，只能挑戰三次。』
……楸瑛發出呻吟：
「……好難啊！」
回想過去，從來不笑的指導教官，楸瑛陷入沉思。
……逗、他、笑？
（唔——嗯，這個時候才深刻體會到我沒有半點一技之長……）
楸瑛很沒禮貌的想著，劉輝跟絳攸的話，倒是有不少絕活的樣子。
（……不過，我也不是很想知道其他人的籤條內容。）
楸瑛目光變得飄渺，正因為親身體會過兩大將軍沒良心到什麼地步，所以會覺得自己的指令應該已經算是比較簡單的了。

這一點，的確是事實沒錯。

這一天，整座宮城儼然是個戰場。

首先是工部尚書房——

「打擾了管尚書大人!!請與屬下我一對一的比酒吧!!」

「……什麼啊，怎麼又來了一個。咯咯咯，好——吧，儘管放馬過來。原來當初吩咐我們在中午以前要把工作完成的理由就是這個啊？那個笨蛋國王。啊，酒錢你付喔。」

面對拿起酒瓶猛灌、跟無賴沒兩樣的工部尚書，以及早一步前來挑戰，結果卻如遍地橫屍般醉倒在地上的眾位失敗武官，武官仍然毫無懼色，因為他隸屬於右羽林軍。

（我可是歷經過白大將軍比酒地獄的磨練，可不要把我看扁了！這場比賽我是贏定了!!）

從上午就一直留在尚書房待命、負責裁介的武官（已婚），確認過籤條的指令內容是『與管工部尚書大人比酒獲勝』之後點點頭：

「那麼，開始比酒!!」

——武官輸得一塌塗地。

戶部尚書房──

「我要摘掉那張怪里怪氣的面具!!」

又一名下級武官撲向黃尚書。由於認定戶部尚書是個文官，完全不放在眼裡，所以動作處處露出破綻。但相反的，黃尚書是一名氣功高手。

此外，由於工作不斷遭到干擾，所以現在更是怒火中燒。在面對黎深以來，已經很久沒有氣成這樣。

結果，遭到還擊而飛到半空中的反而是武官。

「確認昏迷，十六衛的呂顎，淘汰！」

從一大早就留下來待命的武官（甜蜜的新婚丈夫），檢查瞳孔之後做出判決。

「黃尚書大人，您的武功真是高強！擔任文官未免太浪費人材了。乾脆趁這次的機會加入我們羽林軍好了，不知您意下如何！」

武官由衷的表示讚賞，並且開口勸誘。

只是待在一旁的景侍郎非常清楚，黃尚書的耐性早就已經拋到九霄雲外。

不過，黃奇人還不至於幼稚到遷怒這群不知情的武官。

「──我要宰了那個混蛋國王！」

但他也沒成熟到可以一笑置之。散發出來的殺氣是貨真價實的。

就連景侍郎也無法排解。驀地，他不經意的從昏厥的武官手上撿起掉落的一張「籤條」，然後閱讀內容：

『搶下戶部黃尚書大人的面具，然後直視他的臉部三秒鐘，並且保持神志清醒。』

——經過一陣包含了許多意義的沉默之後，景侍郎在內心輕輕拭淚。

（……兩位大將軍實在是太沒人性了……）

根本不知道這件事情簡直比登天還難，卻非常努力的想要取得優勝的眾位武官著實令人同情。

這一天的午後，宛如一幅哀鴻遍野的地獄圖。

「借用一下霄太師大人的『超級梅乾』!!」

「啊啊！死黨被名馬白兔馬踹飛了，現在不省人事！」

「哇，倒立繞著皇宮走十圈!?太容易了吧！」

「對心儀的姑娘表白!?王八蛋，要是說得出口就不用參加啦!!」

「這主意是誰想的啊！沒人性！」

「沒天良！」

「你們流的血是什麼顏色的啊！」

由於傷患陸續增加，害得首席御醫陶大夫帶領一群弟子整天在城內四處奔波。

「呼、呼，這讓我想到戰爭時期──」

然而，沒有任何指令凝集羽林軍兩位大將軍所謂鍛鍊的最高境界。

●　●　●　●　●

「噢，我運氣還不錯嘛？這下子可以輕鬆過關了，不需要動腦也不用消耗體力。」

某位武官一手拿著籤條，開開心心踩著輕快的步履前往目的地。斜眼瞄著其他同袍艱苦奮戰的模樣，忍不住暗自竊笑。

（好，等學到了櫂州牧大人的戀愛必勝法，這次放假一定要約酒館的華兒姑娘出來！）

親切溫柔的華兒姑娘對老主顧向來一視同仁，但從此以後，想必她一定會對自己特別禮遇。

「帶一束花，首先會聽到她喊著『哇！好漂亮，』嘻嘻嘻。追求姑娘的名言就是：『嘿，姑娘，跟我一起下地獄吧！』啊，這是大將軍大人的口頭禪啦，不行、不行！啊，可是到到到底要約她上哪兒──不對、不對，我必須先冷靜下來！」

極力壓抑著不斷膨脹的可悲妄想與強烈的悸動。總之，櫂州牧大人一定會傳授致勝祕訣的，這一點大可放心。只要能夠熬過今天，未來的人生就是彩色的。然後，就能夠跟直到昨天還是不敢跟華兒姑娘說上半句話的懦弱自己說再見！

站在目標房門的前面，做了個深呼吸。加油！

「打擾了，吏部尚書大人！」

「大白痴，開門不會輕一點嗎!!」

用力推開房門的瞬間，立刻遭到一名年輕男子的怒斥。同時，矗立在門邊堆積如山的文件整個倒下，武官驚訝的喊了一聲，並且及時跳開。

（這、這個房間……）

簡直就是亂七八糟，他心想。應該說，文件堆得到處都是，根本看不出這是個房間。

大喝一聲的不是吏部尚書大人，而是最年輕的狀元，也是眾人皆知的優秀官員——吏部侍郎。

「年底以前很忙，有事講重點！」

看著吏部侍郎焦慮不安的神色，他伸直背脊。為了不辱自己所屬的精銳盡出的羽林軍名聲，因此藏起臉上洋洋得意的表情：

「是的，屬下有事想稟報吏部尚書大人……啊，請問大人在嗎？」

之所以先行確認，是因為從四處林立的文件堆中，根本無法分辨人到底在還是不在。但可以感受到氣息。

絳攸的太陽穴冒出青筋：

「……大、大人就在房內，有什麼事？」

「那麼請先恕屬下無禮，聽仔細了！」

——沒錯，根本就是簡單得不得了。

我今天真是走運。

武官丹田使力——放聲大喊：

「你哥哥是大肚臍!!」

……絳攸手上的文件滑落，在地板發出「喀啦」的空洞聲響。

成功了！他興高采烈的確信自己的勝利，這下子拉近了跟華兒姑娘的距離了。

他唯獨沒有察覺到，一股毛骨悚然的沉默，以及步步近逼的致命危機。

絳攸有如人偶一般，以生硬的動作轉頭望向自己的長官——看見那張表情的瞬間，他隨即把武官踢到門外。

「快逃吧!!如果你能活著等到我向邵可大人說情，就還有一線生機。」

「啊？」

「啪啦」打開扇子的聲響聽來特別清晰，一個冷靜沉著的聲音輕輕響起：

「……追到天涯海角，讓他徹底體會一下什麼叫做人間煉獄。」

武官一輩子也忘不了這個聲音。

之所以能夠緊接著閃避有如冰雹般傾瀉而下的暗器，全多虧了平日在羽林軍嚴格鍛鍊出來的反射神經。

絕對服從紅家宗主的保鏢軍團「影」。

一旦成為目標，最後肯定沒命。

然而他成了讓眾位「影子」記憶深刻，打破這個不成文規定的一個值得驕傲的特例。因為他在黃昏時刻，黎深接受邵可的說情，下令中止之前勉強逃過一劫。讓眾位「影子」由衷稱許不愧是精銳盡出的羽林軍。

只不過，他在那個時候已經徹底見識過所謂的人間煉獄了。

智慧與體力確實不是特別需要的，但想在戰場上生存下來，有時候反而比較需要一些「運氣」。

他的運氣是背到了極點。

據說從此以後，他再也不曾踏進人稱「惡鬼巢穴」的吏部。

絳攸臉色鐵青的嚥了嚥口水。

（……太、太小看他了……）

由此可以窺見羽林軍被稱為精銳的祕訣。雖說目的是為了鍛鍊部屬，但沒、沒想到居然會做到這種地步。

待在這種不擇手段、窮凶惡極的魔鬼長官麾下，實力怎麼可能會太差。

不，根本不會。

六

羽林軍兩大將軍第一道關卡的淘汰方式固然沒人性到了極點，不過還是有人過關。

例如府庫——

邵可親切迎接絡繹不絕來訪的眾位武人。

「按照他們的要求」，誠心誠意的為他們泡茶，讓他們獲得片刻的休憩。

「你也來喝一杯吧？」

邵可完全出於善意的如此邀請，從一早就在府庫待命，一直站著不動的武官，但不知道為什麼，隨著時間流逝臉色愈發蒼白的他，嚇得堅決推辭：

「沒關係，非常感謝您的關心！您的這份心意屬下敬謝不敏!!」

「？」

就在這個時候，府庫的門扉被推開。

「那麼，那杯茶就由孤來喝吧。」

「哎呀劉輝陛下，歡迎您。」

劉輝往平時固定的位置坐下，邵可則一如往常的端出剛泡好的茶水。

裁判武官見狀忍不住大叫：

「陛陛陛下請等一下！」

國王突然的現身，讓他僵在原地，但立刻又因亡國危機而清醒過來。因為那群以鐵胃自豪，平日連腐壞的肉也有辦法消化的男人，卻在喝了這位親切的府庫主人幾杯茶水之後，陸續不省人事。所以，目前仍然沒有人過關。

這一位型男系國王根本不堪一擊。

但是，劉輝不發一語的往裁判武官拋出一項物品。武官反射性的接過來，一看見眼熟的「籤條」再次僵住，難、難、難不成——

戰戰兢兢的打開一看，上面果然寫著一項「指令」。

『喝由府庫的紅邵可大人親手沖泡的十杯茶，並且要全部喝完。』

「呼……孤是國王，絕對不會逃跑，孤會展現身為一國之君的堅強意志，仔細看清楚了。」

劉輝故意做做表面工夫。完全沒有透露內心是多麼慶幸還好是抽到這項指令，來到這裡的中途，聽到最可怕的籤條就是『前往拜訪吏部尚書（絕對跟地獄脫不了關係）』，要是抽到那項指令，大概只能含淚而泣了。

十多年來，劉輝每天都喝這個爹親茶。再加上對邵可的敬重，耐力跟這群武官是截然不同的。

（好！）

——劉輝順利喝完了十杯爹親茶，同時也獲得了裁判武官的絕對尊敬與畏懼，然後朝著下一關前進。

（……這是什麼啊……）

靜蘭看到籤條上的指令一時愣怔。這到底是什麼意思啊。因此，他在沒做任何事前準備的情況之下前往目的地。

就在這個時候，一名身材魁梧的武官哭著從房內走出來。

「……原、原來如此，我不受姑娘家歡迎的原因就是我的裝扮太糟了……」

他用力擤完鼻水，然後朝著房內深深的一鞠躬：

「非常感謝您的指教!!」

靜蘭默默的目送那位武官離開。

……他一點也不想知道，他頭上頂著一堆花的原因。

這個房間的主人是工部侍郎歐陽玉。

「十六衛的茈靜蘭，打擾了。」

推開門扉，只見管工部尚書的副官，也就是歐陽侍郎面帶極其不悅的表情，從手邊的文件當中抬起視線。隨著這個動作，手腕上的手鐲摩擦發出叮噹聲響。

「……怎麼又來一個了？真是的，好歹也要替必須從頭指導那群毫無審美觀，一身髒兮兮的武官的我想一想——」

歐陽侍郎話說到一半，驀地中斷。

從上到下定睛盯著靜蘭，仔細的考量——然後冷哼一聲：

「……呼嗯，看起來比較像樣一點，而且似乎也有每天洗澡。」

「……是，謝謝。」

歐陽侍郎擱下筆。這個聲音讓蜷縮在角落的裁判武官回過神來。到目前為止，這是能正面與第一次見面就能徹底否決男人們一無是處的審美觀，讓他們掩面哭泣（包括自己在內）的歐陽侍郎相對的人。

「我一貫的主張是，不能因為臉長得好看，衣服就可以隨便穿。」

「……」

「不過，太過執著於外表，有什麼東西就往身上擺，故意標新立異就更不值得一提。就像剛才那個頭頂長花的男人一樣。」

這一點，歐陽侍郎確實無可挑剔。雖然略顯花俏了點，但搭配起來相當好看。審美觀也很精準，裝扮盡可能做到完美，絕對不會隨便敷衍，不愧為管理眾多國寶工藝師與工匠的工部侍郎。

「所以呢，我想你也明白。內衣燙過了，鞋子也擦過了，頭髮有梳過，眉毛也有修過。姿勢跟走路方式也及格。瀏海太長了點……呼嗯，正因為明白自己長得好看，才故意把頭髮留長的吧？」

「………………」

靜蘭無言以對。

「公家配給的物品就算了，除此之外的配件差強人意，雖然廉價但是很搭配──不過，有一項絕對不可或缺的物品，那是什麼？」

靜蘭雖然很不情願，但為了過關只好說出口：

「……首飾嗎？」

「沒錯，雖然受限於武官這個職務，但戒指跟耳環應該還在容許範圍之內，或者至少在護臂上面搭配個小寶石也行，不然太寒酸了。」

「寒……不，因為家境貧窮……」

「哦，像你這樣的男人應該不至於缺錢才對。嗜好是裝窮嗎？算了，這不關我的事。」

靜蘭已經很久沒有像現在這樣，動員整張臉的肌肉保持笑容了──這小子……

「既然知道就夠了。招惹一個了解自己卻還刻意裝傻的人絕不會有好事的，去找那邊那個武官拿合格章吧，我還有事要忙。」

「……歐陽侍郎大人。」

「什麼事？」

「您不覺得自己太花俏了點嗎？」

「不會，我比較適合花俏一點。」

靜蘭小小的反擊，完全敵不過歐陽侍郎絕對的自信。

「跟我的長官酒鬼太郎比起來要好太多了，完美的只有酒的品名而已，簡直是無藥可救了。」

就這樣，靜蘭完成了『前往拜訪工部侍郎歐陽玉，讓他認同裝扮即可合格。』的指令。

七

後宮偏遠處有一座小小的宮殿，周圍有著如鏡面一般的池塘與庭園樹，環境清幽雅致，名為桃仙宮。從位於池塘當中的宮殿架設一道橋樑延伸至池塘正中央，自橋端的涼亭放眼望去，景色相當怡人。可惜的是，由於位置太過偏僻，很少有宮女來到此處，所以向來顯得閒適平靜。

因天氣寒冷無法前往涼亭，但留在宮內也是樂趣十足。話雖如此……

「……請、請問，現在就快要傍晚了，真的什麼都不用做沒關係嗎!?從中午就一直坐在這裡。」

胡蝶跟珠翠與高采烈的幫秀麗打扮、化　或挑選首飾，玩得不亦樂乎。經由兩人之手，很快的就被打扮成與貴妃時期差不多的模樣。不過，侍候在兩旁的是傾國傾城級的美女，所以秀麗反而如坐針氈。

「不是跟妳說過，這是工作嗎？」

胡蝶以白皙的纖手拿起點心品嚐，優雅的舉止有如后妃一般。然後又笑咪咪的把手上的蜜餞扔進秀麗的嘴裡。

「啊，嗯唔、說、說得也是……」

像現在這樣什麼事也沒做就可以賺進大筆酬勞，會讓個性老實又勤勞的秀麗覺得自己好像做了什麼壞事一樣。

這時，有人敲著房門，門外傳來白大將軍的聲音：

「好像終於有人來了，我現在跟燿世稍微失陪一下，等到日落就請各位離開，非常感謝妳們的協助，我想應該不會有人來這裡，不過萬一——不，百萬分之一，如果有男人闖進這裡，就麻煩把那項物品拿出來。」

隨著武器發出的聲響，兩人的腳步聲漸漸遠去。

秀麗側著頭，仔細盯著兩位大將軍交給她們的物品。

真是一項不可思議的「工作」。

「……說到那項物品……難道來的人是一個不擅長人際關係的武官啊？」

聽到秀麗認真的低喃，知曉內情的珠翠跟胡蝶不約而同的笑出聲來。

遭到淘汰出場的人可以立刻轉為「妨礙人員」，而且正因為獎項特殊的關係，許多被淘汰者都做出這個選擇。他們絕大多數都是積極的想要扯那些明明長得帥，卻還要參加，甚至到現在還繼續過關的參賽者的後腿。

「藍將軍大人已經很受歡迎了，根本不用參加啊!!」

「真過分！太過分了!!」

緊追不捨的「扯後腿大隊」窮追猛趕，基於憤怒、不甘、嫉妒等等諸多外在因素，充分發揮了彷彿脫胎換骨般的戰鬥力。

楸瑛一邊咂嘴，一邊閃躲、打落傾瀉而下的弓箭，穿過縫隙之後，接連打飛一群在轉眼間迅速結為合作關係，一同撲上前來的武官。面對部屬毫不留情的猛烈攻勢，覺得有點欣慰也有點窩囊。

「平常練習的時候幹嘛不這麼拚命啊！你們這群笨蛋！」

不經意的用長官的口吻。

「屬下是十六衛的槽甚！希望能與屬下一對一單挑!!」

「你的志氣令人激賞！不過，等你再多鍛鍊一些時候再來!!我會記住你的名字的!!」

經過數回合之後，槽甚的長槍被楸瑛打斷，心窩吃了重重一擊，結果當場不省人事。自從這件事之後，他開始以加入羽林軍為目標。

通過第一道關卡的楸瑛，進入第二關卡所在的皇宮內。憑著實力過關的勇士自然不在話下，不過「空白籤」的存在相當重要。「空白籤」代表的並非淘汰，而是可以直接過關的送分籤。這個籤條忠實的呈現出兩大將軍所謂「運氣也是實力的一種」的信念。

第二關拿到了前往下一個目的地的地圖，以及有著破洞的砂袋。只要在砂袋的砂子漏光之前，抵達目的地就算合格。每條路線均埋伏了大批妨礙軍團，虎視眈眈的覬覦著砂袋。此外，還必須突破工兵所設下的許多陷阱。

不計其數的地洞，遍布四處的長釘、爆竹跟油，各式各樣的陷阱，只要一個輕忽大意，弓箭、槍彈跟伏兵就會直撲而來。沒想到劉輝平日生活的皇宮被徹底改造成了野戰戰場。

（……負責處理善後的，看樣子還是……）

望著到處冒出的黑煙，楸瑛決定不要再思索下去。

來到最後一關。意外的是，除了楸瑛居然還有其他生存者。他們正是運氣與實力兼備的真正勇者，卻在這座後宮接連遭到淘汰。

因為他們的對手是——

「哎呀，好帥的大人，要不要喝杯茶呢？」

「請問您尊姓大名？」

「那麼……如果方便的話，下次可以單獨見面嗎？」

循著路線圖前進，一路上經過的宮殿均有如花似玉的姑娘們，伸出白皙的纖手，面帶迷人的微笑前來迎接。這群勇者，完全沒有察覺到姑娘們把精銳武官視為最佳老公人選的銳利目光，只要衣袖被輕輕一拉就自投羅網。

身經百戰的宮女，或者是妓女齊聚一堂的最後一關，別名為『懷春男子的甜蜜圈套』。

「是，那個，這是我的榮幸！」

「如果不嫌棄的話!!」

「我這輩子……還是頭一次喝到這麼好喝的茶！真是太感謝了!!」

這群毫無免疫力的勇者，根本敵不過美麗姑娘們的誘惑。楸瑛看到就算被淘汰也滿懷幸福的他們，再次對兩大將軍縝密的戰術甘拜下風……不愧是自己的長官。

眾家姑娘知道楸瑛打從一開始就不可能上當，所以不想白費力氣理會他，因此他一路安安靜靜的，悠然自得的走向地圖上的目的地。

（……珠翠姑娘……應該，不會參與這種事情吧！）

反倒是很可能會大發雷霆，面對收拾善後的工作頭痛不已，接下來或許還會遷怒他。

楸瑛想像著那個情景，忍不住輕笑起來。

按照地圖的話，兩位大將軍所準備的「寶物」，就位於後宮外圍的桃仙宮。

來到眼前的桃花林，楸瑛停下腳步。

（意思就是，兩位大將軍應該會在這座通往池塘的桃花林等候——）

小心翼翼的隱藏身影，觀察地形。

突然間，感受到外人的氣息。就在附近——而且是高手，來自兩個不同的方向。

他拔出劍。與其等待，不如主動出擊。

下一瞬間，看見不期而遇的面孔，彼此都嚇了一跳，不約而同的及時收回長劍。

相互凝視了半晌，當場陷入一股奇妙的沉默。劉輝、靜蘭跟楸瑛都沒有詢問對方為什麼會在這裡，因為一旦開口詢問就會被反問。

片刻過後，劉輝疑神疑鬼的盯著楸瑛：

「……楸瑛，你有光明正大的抽籤吧。」

「微臣完全沒有作弊哦，在第一關真的逗笑了魯大人。」

聽到這個難題，劉輝打從心底大吃一驚：

「逗笑禮部的那位魯大人!?你是怎麼辦到的!?」

「微臣跑遍了所有動物房舍，借來許多剛出生的小雞、小兔跟小貓。」

看見這群可愛的小動物，平日幾乎沒有運動到表情筋的魯大人也露出親切的微笑，於是楸瑛順利闖關成功。

機靈的反應令劉輝佩服不已：

「真厲害！」

「多謝，不過真的很辛苦。這群小動物只要逮到空隙就會到處亂跑，害得微臣花了不少時間追趕捕捉……相較起來，直接打飛部下要來得輕鬆多了。」

「……孤感到很欣慰，全軍的實力增強了不少。」

靜蘭也以飄渺的目光，心有戚戚焉的表示同意：

「攻勢的確相當猛烈，跟我春天加入的時候完全不能相比。」

「啊，放心好了，只有今天而已。」

——下一瞬間，三人同時詫異的握緊長劍，動作一致的轉過頭。

從池塘悠閒走來的正是左右羽林軍總帥——黑燿世與白雷炎。

「……真是的，怎麼來到這裡的偏偏都是長相好看的小子啊？我說你們幾個，乾脆把機會禮讓給別人算了！」

白大將軍不敢置信的長嘆一口氣，然後看向劉輝：

「陛下，您這是在做什麼啊？」

「呃，那個，這個、因為……」

楸瑛跟靜蘭對於國王參賽的理由是再清楚不過的了，因為獎品是「櫂州牧大人的完整戀愛指南」

……搞不好是所有參賽者當中，最拚命的一個也說不定。

「既然參加了，就算是陛下也不會手下留情哦。」

兩大將軍隨手揮動武器的瞬間，一股驚人的鬥氣直撲而來。

空氣劈啪震動著。

「你們該不會認為這麼簡單就能通過吧？二對三，不錯喔。」

劉輝握拳的手流著汗水。

「……不錯喔，意思是？」

除了跟宋太傅比試以外，還是頭一次這麼無法確定能否贏過對方。

「……楸瑛，跟黑大將軍交手的勝算有多少？」

「不是微臣在說，您以為微臣為什麼會擔任將軍呢？因為大將軍可不是普通的強啊。」

「靜蘭，你曾經在夏天的時候，跟著白大將軍一起驅逐盜賊對吧。」

靜蘭放低重心，同時皺起了眉頭……應該跟燕青不相上下吧。

「……應該有資格稱得上近衛大將軍這個頭銜吧。」

「喂！什麼叫有資格稱得上啊？你這個自稱二十一歲的小子，到現在還是很自以為是嘛。」

兩大將軍好整以暇的站著，相對的，劉輝幾個人忐忑不安的挪動位置。所謂的勝算，就是他們的人數較多——

「那陛下您呢？」

「……唔，以前好幾次想溜出王宮，結果每次都失敗……」

黑大將軍平板的表情緩和下來，並且微微一笑：

「……您的武功相當高強。」

「啊——沒錯、沒錯！我們是奉霄宰相的命令，追著陛下到處跑。沒想到最小的皇子殿下居然是個高手，真是在意料之外。」

「啊，難道陛下您同時面對那兩人，居然還有辦法讓他們追著您到處跑!?」

比起闊別許久才聽見的長官聲音，從來不曾聽過的，在加入軍隊之前的英勇事蹟，更讓楸瑛大吃一驚。

「……其實並沒有撐多久。」

「這次請您認真的與微臣較量吧。」

「不，現在沒空跟你較量。」

這一瞬間，三人已經站好聯合攻擊的位置了。劉輝早就忘了取得優勝這件事，緊繃的緊張感促使身體率先採取行動。

三人發動攻勢。

話說這個時候，身為楸瑛部下的皋武官還在第一關當中。他抽到的籤條指令似乎相當耗費時間。按照指令四處奔波，每次都一定會遭到守門衛兵的阻擋。由於他的主要目的不是取得優勝，而是想要試試身手，所以並不感到焦急，然而身為神射手的他，聽到四處傳來的戰鬥聲響，內心感覺相當羨慕。

「……唔——嗯，原本打算試試身手的，看來運氣不太好，到現在還沒有遇到對手。」

撫著心愛的弓箭，重新調整心情，只要完成這項指令，應該就可以加入他們的行列了。

「話又說回來，沒想到連陛下專用的出入大門、走廊或禁苑也可以自由通行。」

雖說是按照指令，但一開始聽到是「陛下專用」還是有些提心吊膽，不過當他拿出籤條，等到了指定的時間，就馬上讓他通行，真是難能可貴的經驗。

「啊，那裡就是指令上記載的桃遊池跟桃仙亭嗎？對岸有一座小小的樹林，是桃花林。到了春天一定很漂亮吧。」

皋武官陶醉的欣賞著如詩如畫的風景，片刻過後，收斂起表情準備執行指令。「叮」的一聲撥著弓弦。

「目標是陽台的話……那當然就是弓箭了。」

珠翠的五感精準的捕捉到涼亭傳來的輕微震動，最重要的是，飛來的物體所蘊含的驚人氣勢。

而胡蝶也將目光看向通往橋的門扉，似乎察覺到了。

經過半晌，果然不出所料，門扉被人輕輕推開：

「不好意思打擾了，在下是隸屬羽林軍的皋韓升。請問，我是來領取擺在這裡的某項物品……」

皋武官不經意的看向房內，下一瞬間，下巴差點沒掉下來。

一位是宛如蘭花般冶豔妖嬈的美女，另一位是如純潔白百合般聖潔清秀，一身女官裝扮的美女

——如果過著庸庸碌碌的生活，這輩子絕對是遇不到的，兩名位在雲端之上的佳人。

皋武官只覺得整個人快要昏過去，這已經遠遠超出自己的理解範圍。現在皋武官才了解到，藍楸瑛的過人之處。像他自己根本沒辦法跟這種美若天仙的大美女說上半句話——

稍微偏斜的視線一隅，映入一名正襟危坐的少女。啊，如果是她就應該不要緊。

發現避難場所的他，擠出最後的力氣，跑向她的身旁。

秀麗完全不明白，明明周圍全是池塘，怎麼會有人突然從涼亭跑進來。究竟是怎麼辦到的？不過，她一看見他走向這邊，便連忙拿出兩位大將軍交給她們保管的物品，同時在腦海裡反芻著事先教過的台詞：

「呃——就是這個對吧。來，請拿回去，『之後可以跟獎品一起』派上用場。清純正當的交往要從交換日記開始，當你不了解對方心情的時候，只要反覆閱讀，就可以化解煩惱。『恭喜你獲得優勝』這項殊榮！」

皋武官頓時愣住。由於內容超乎自己頭腦的容許範圍，所以完全無法理解自己到底聽見了什麼。遞到眼前的是一本空白的習字簿——啊啊。

（交換日記嗎？這種交往方式也不錯。）

甚至開始有這種想法。

接過習字簿的瞬間——皋武官詫異的抬起頭。珠翠也忍不住站起身來。

「……弓箭？」

皋武官不敢相信自己耳朵聽見的聲音，愣愣的說道。

就算一般人不懂，但是弓箭手一定聽得出來——大氣哀鳴震動，畫出弧線撕裂天空，發出淒厲呼嘯的弓箭。不過，如此這般的聲響……

「這、種強弓——」

究竟是誰？身為弓箭手，不能默不作聲。

「非常抱歉，請恕我失陪！」

見年輕武官一手拿著習字簿，有如弓箭般飛也似的衝出房間，胡蝶面露苦笑：

「……那個小弟好像完全不明白自己有多麼幸運，那張籤條應該只有一張而已吧？」

在第一關卡，特地準備了數量有參賽者一倍之多的籤條當中，僅僅只有一張凌駕「空白籤」之上的超級送分籤。可以不需要與任何人交手就能抵達最後的終點，而且也不需要遇見兩大將軍的特殊夢幻路線。只是時間上為了公平起見，必須在各個地點等候一段時間。一旦操之過急而未遵守等候時間，隨即當場淘汰，守門衛兵也不再通融。這也是一種耐力測驗。

「是啊，而且他居然可以從對岸射中陽台，攀著橫越池塘的繩索過來，可見臂力與箭術相當出色。」

珠翠也表示佩服。將來他必定可以成為全國數一數二的弓箭手吧。

「啊啊，天色已經這麼晚了。秀麗小姐，還有胡蝶姑娘，各位的工作到此全部結束了。」

——直到最後的最後，秀麗還是完全不明白到底是怎麼一回事，領完酬勞之後，一頭霧水的踏上歸途。她也沒有對任何人提起這件事，後來經過年底除夕的忙碌之後，過了新年就差不多把這件奇怪的「兼差」忘得一乾二淨了。

另一方面，劉輝等人只能呆愣的盯著落地的武器。

狀況是在極短的一瞬間發生的。

第一個回過神來的是，在「五個人當中」免疫力比較好的劉輝。

「……宋、宋、將軍大人……」

從樹上敏捷地一躍而下的是，與那身輕如燕的動作完全格格不入的「老」將軍，正確說來是「前」將軍。

「哼……你們這群小兔崽子，還嫌太嫩啦！」

「……呃、那個、為、為什麼、宋將軍大人會在這裡……」

不祥的預感讓劉輝全身打顫。

從宋太傅手中的大弓看來，確定就是他在一觸即發之際趁隙偷襲。不但徹底的抹去氣息，以這把歲數還能拉動那把強弓——就算在羽林軍當中，能夠拉動那把弓的不知道有沒有超過十人——最重要的是，一次搭上三支弓箭，射落劉輝等人手上武器的本事。不愧是先王陛下身邊的首席武官，驍勇善戰，立下汗馬功勞的猛將。不過……

宋太傅高聲怒斥徒弟：

「你這個白痴徒弟！既然要舉辦武術大會，竟然想把老夫排除在外，道行還早一百年吶!!少瞧不起人!!」

師父果然完全不明白「比賽的目的」——劉輝暗地含著淚水，抱著一縷希望看著兩大將軍：

「……請問、優、優勝？」

「……當然，對吧燿世？」

黑大將軍一語不發的點頭。他們兩人也接連察覺到宋太傅射出的兩支弓箭，但武器卻是在重心不穩之際，被兩把趁虛而入飛來的戰斧打落的。

——徹底失敗。

兩大將軍作夢也沒想到，已經有人抽到那張特等送分籤，而且取得優勝了。

「嗯？優勝？有什麼獎品嗎？」

靜蘭跟楸瑛默默的拍了拍眼睜睜錯失「完整戀愛指南」的劉輝肩膀以示安慰。尤其靜蘭早就猜到秀麗十之八九就在不遠的前方，所以更是感同身受。

緊接著，皋武官跑過來追問楸瑛「剛才射箭的人是誰？」，兩大將軍一認出皋武官手上拿的就是那本習字簿，頓時僵住，這又是另外一個故事了。

終

劉輝突然睜開雙眼。

……看來他是在回想著「去年」那場奇怪的「武術大會」之際，在不知不覺中陷入了半夢半醒之間。

在那場大會之後，當時在最後一關邂逅的精銳武官與宮女陸續傳出成親的消息。

……而今年的除夕，非常安靜。

「陛下，櫂州牧大人求見。」

對於珠翠的聲音點頭之後，隨即站起身來。

然後，謁見今年還是遠從黑州專程前來參加朝賀的櫂州牧。

俊美不減當年的年老州牧迅速的環顧著房內，跟去年不一樣——

「……今年，只有您一個人嗎？」

「是啊，因為絳攸跟楸瑛都很忙。」

看見年輕國王臉上浮現溫和的微笑，櫂州牧也不再追問。

「陛下。」

「嗯？」

「茶州似乎已經度過難關了。」

劉輝回想起去年跟櫂州牧對峙的情景，不禁微微一笑。當時他怒喝：「茶鴛洵已經亡故，這次不讓老夫擔任州牧是何用意！」

「您表示要起用新人。」

年輕國王加以反駁，認為必須培育後起之秀，於是櫂州牧表示只等一年的時間。

「……您的做法是對的。等到鄭悠舜回來之後，應該可以輕鬆不少吧。」

劉輝再次閉上雙眼：

「……不知道他會不會回來？孤在登基典禮上惹他生氣了。」

「可不要小看他，您要懂得珍惜會對您生氣的官員。」

「您也是。」

坦率的回應讓櫂州牧面露微笑。

……然而，現在的國王是孤獨一人。

「鄭悠舜並不屬於七家，想必可以不受家族的束縛，全心輔佐您。」

劉輝沉默不語，經過片刻才緩緩低喃道：

「……孤絕對不會捨棄絳攸跟楸瑛的。」

櫂州牧閉上雙眼。

接受了「御賜之花」，奉獻出「絕對忠誠」的這兩人，在新年即將到來的現在，並未留下來協助政務繁忙的國王，而是以紅藍兩家的工作為優先。他們完全沒有察覺這件事情的含意。

而沒有任何表示、默許他們這麼做的國王也有不對之處吧。不過，他也擁有專屬武器。

一直是孤獨一人的小皇子。

正因為如此，他可以不必在意家族或人情，大大方方的伸出手。

「是的，這正是您的武器。」

在察覺到束縛著自己的人情之後，對方是否擁有足夠的肚量牽住他的手呢。

目前明白這一點的只有國王一個人。

權州牧從椅子站起身來：

「明晨，朝賀之上再會了……紅州牧大人現在正於趕來貴陽的途中吧。」

「……是啊……權瑜大人……」

「微臣在。」

「……請您一定要長命百歲。」

「如果您需要微臣，微臣會竭盡所能的。」

權州牧平靜的微微一笑。

等到天一亮，新的一年即將來臨。

黑暗堆積在夜幕的夾縫之間。

去年比賽結束之後，他與絳攸跟楸瑛一起被怎麼做也做不完的工作團團包圍之下，迎接新年的到來。

今年，劉輝的身旁一個人也沒有。

正在藍家貴陽府邸安排各項事宜的楸瑛，看見臨時回來的么弟，忍不住大吃一驚。

「龍蓮!?你回來做什麼？」

「……愚兄之四，你怎麼會待在府邸當中？」

龍蓮看見兄長也挑起眉：

「……當國王還真是辛苦，我能擁有知心好友真是萬幸。」

「啊？」

「——我要參加今年的宗主朝賀。」

聽了這句話，楸瑛頓時噤口不語。

察覺到天將破曉，絳攸抬起臉來。

「……傷腦筋，今年又要熬夜迎接新年嗎？」

絳攸也在紅府忙著準備迎新事宜。原本黎深每年都會隨口叫他不要管這麼多，但今年不知為何連一聲也不吭。

回想起去年，跟國王還有楸瑛帶著黑眼圈欣賞日出的情景，忍不住輕笑出聲。

已經有一陣子沒有上朝了——不過，這個念頭隨即被眼前忙得不可開交的事務完全打消。

於是，他再次向家僕下達指示。

茶州——琥璉城之中，黎明的天空讓影月停下手邊正在處理的公務。

「……啊啊，新年到了，燕青大哥。」

正在一旁工作的燕青也抬起臉來：

「噢，真的耶，希望今年一切平安。」

無意的一句話讓影月的雙眸產生動搖……自己還能夠活多久呢？

「……是啊，說得也是。」

燕青並不知道，這句宛如嘆息般的話語所包含的悲切心願。

「希望今年萬事如意。」

在明白自身命運的同時，影月仍然能夠露出溫和微笑，這才是真正的堅強。

「這個世界，無論何時都非常美麗……」

影月似是感到刺眼的瞇起雙眸。

「新年快樂，靜蘭。」

前往貴陽的途中，在客棧的陽台看見朝日升起的瞬間，秀麗轉頭望著靜蘭。

今年會是怎樣的一年呢？

驀地，想起留在貴陽等候的，王座上的陛下。

他說過，希望不要向他下跪。

（……嗯，放心好了。）

「希望陛下也能平平安安。」

聽見靜蘭彷彿看穿自己內心想法般的低喃，秀麗笑著答道：「是啊。」

去年跟今年不同。

劉輝獨自待在空無一人的房內，照射進來的曙光讓他閉上雙眼。

……她還會呼喚自己的名字嗎？

能夠稱呼兄長的時間還剩下多久？

走上與秀麗相約的王者之路，取而代之的是，劉輝漸漸從劉輝的手心流失……獨自待在這裡的究竟是誰？是劉輝？還是國王？

仰起頭，深深、深深的吸了一口氣。

……然而，劉輝一直信守著承諾。

即便是，沒有人呼喚自己，哪一天甚至遺忘了自己的名字。

那是，心愛之人希望實現的約定。

「……陛下。」

略顯躊躇的聲音讓劉輝睜開眼：

「……朝賀的準備時間到了嗎？珠翠。」

珠翠變更了原本應該說出口的話：

「不是的，在此之前，您可以先前往府庫與邵可大人喝杯茶。」

「……妳可不要太寵孤啊。」

「偶爾為之又何妨呢？」

劉輝輕輕一笑：

「……珠翠，孤擁有了很多，孤是個幸福的國王。」

珠翠並沒有回答。

國王絕對不說自己寂寞。

因為他明白，明天不會跟昨天一樣，一切都在時時刻刻不斷的變遷與變化。

他看得其實比任何人來得更多。

「孤還是先做準備吧，不要讓朝中的文武百官等候太久……今年——」

在看穿一切的同時，仍然將「御賜之花」賜予絳攸與楸瑛，以及通過女性參加國試的議案，劉輝對這兩件事絲毫不覺得後悔。

「今年會是怎樣的一年呢？」

國王背對著朝日，走出房間。

• • • • •

於是，她在劉輝面前下跪。

「茶州州牧紅秀麗，以及茶州州尹鄭悠舜，平安無事的回朝了。」

看到秀麗仍然跟以前一樣，面露燦爛的微笑，劉輝有種想哭的感覺。

童話故事的開端

「你到底為什麼要離家出走？」

有個男人如此問他。

如果問為什麼，明明可以回答因為不想被殺。但究竟在想什麼啊？又是在胡言亂語些什麼啊？

邵可忍不住說出內心話。

（……那個時候，我的回答是什麼呢？）

有如本能發達的野生動物一般，北斗總是不斷的引出連邵可自己也不知道的「真實」。

（啊啊，對了……我想起來了。）

邵可閉上雙眼，輕輕的從記憶的水底撈起「答案」。

（……就是，童話故事。）

——有一個被封住的，琴音。

「你真是個善良的孩子……」

任何人都會忍不住回眸注視，美麗又高貴的姑婆大人，每次看見年幼的邵可摘來的一朵鮮花，目光總會變得柔和許多：

「而且還是個……相當聰明的孩子。」

在別院親自教導他彈奏琵琶，同時聽著他的音色閉上雙眼。連大人也鮮少能夠彈奏自如的高難度樂曲，一個年僅五歲的小孩，卻有辦法整首彈完，她滿意的笑了：

「音樂是不會騙人的，我非常期待你未來的表現。」

她的笑容看起來有些悲哀。

「同時也是個……可憐的孩子，你在這個年齡已經失去應有的純真。」

彈奏琵琶的手停了下來，靜靜抬望的目光完全不像是小孩子。那或許就是生為紅家嫡系長男，尚未懂事之前，就已經看遍了權力鬥爭的他的宿命吧。

「你正是比任何人都來得更具有紅氏一族資質的男孩……你一定要守護紅氏，邵可。」

邵可溫和的微微一笑，但是並未對姑婆的這番話點頭。

接下來，繼續彈奏琵琶。

從年輕一直到現在，紅玉環超越了藍家、碧家，被譽為當代首席琵琶公主。她的琴音有足以迷惑鬼神的稱譽，過去在先王陛下的後宮也備受寵愛。於是就在這種不為任何人所知的情況之下，她私下傳授給邵可。

之後，當她不幸去世，所有人無不感嘆傳承就此中斷之際，邵可也沒有多說什麼。而是在沉默的帷幕之中，獨自一人封住了琴音。

「音樂是不會騙人的。」

——藉此隱瞞他暗中所走的一條不為人所知，染滿鮮血的道路。

一

邵可在府庫的休息室突然睜開雙眼，五感在一瞬間隨即恢復整個清醒過來的熟悉感覺。即使是剛剛醒來，也從來不曾將現實與夢境混淆在一起。

「……好久沒有作夢了。」

從未失調的生理時鐘準時的喚醒他——現在是，深夜時分。

由於過去養成的習慣，邵可並不太需要睡眠，頂多小睡一刻便已足夠。只不過，像今天這樣子作夢是相當少見的。

感覺汗毛收縮直立。沙沙作響的晚風，鳥兒微弱的振翅聲——到了夜晚，所有感覺自然而然變得敏銳。邵可深深吸了一口氣，想著已經返回茶州的秀麗。

那個即使不停哭泣，卻仍然抬起頭，趕往虎林郡的女兒。

與妻子相同，擁有一旦做下決定就一定會貫徹始終的意志力。邵可微微苦笑。

「……秀麗是一個好孩子，以我跟妳的女兒來說，真的是表現得太優秀了……」

邵可伸手想拿取髮帶綁好頭髮，這時察覺到指尖微微顫抖，究竟有誰想像得到，他的手指居然會有顫抖的一天。

邵可緩緩的將手貼在額頭。自己有如自然法則規律運行般精密的內心，不知從何時開始，竟然會因為這種「微不足道的小事」而不聽使喚。

「……唉……自從遇見妳開始，我就不斷的失常……」

秀麗平安無事。在秀麗不注意時，悠舜經過精打細算，在最短時間做好萬全的準備。治療方法以及大夫已經陸續前往支援，相信事情一定可以平息下來。

就算遇到最糟的狀況，最後燕青或靜蘭也會收拾掉那個什麼「邪仙教」的教祖。如果他們兩人辦不到，弟弟們也會下手。

秀麗沒有理由會喪命。

這應該是可以百分之百肯定的「微不足道的小事」才對。話雖如此，內心卻完全無法冷靜下來。有如寄生著羽虱而振動的翅膀，有如在黑夜之中搖曳的樹梢，內心無視理智的存在，不斷的產生騷動。

邵可一邊綁頭髮，一邊深呼吸，試圖以理性壓抑持續湧現的情感。

（我現在還不能輕舉妄動——）

驀地，腦海掠過琵琶的琴音，那是比父母要更理解邵可的姑婆的琴音。

自從在紅家得知真相之後就已經決定了，如果不強行搶奪，安穩的日子就不會造訪，如果不加以保護，幸福的生活就無法延續。如果為此必須弄髒雙手。

——這輩子與安穩無緣也無妨。

幸福並不是隨處都有，它既脆弱又易碎，必須隨時隨地努力加以保護才行。即使如此，仍然一下子就消失不見。先王陛下與前代黑狼已經不在，想要指望霄太師又經常中了他的圈套。所以……

（為了能夠隨時恢復成「我自己」。）

不受情緒的左右，如同冰霜般的理性，正是邵可之所以成為邵可的明證。

邵可走出府庫的休息室，穿越發出霉味的書櫃與充斥在室內的黑暗，然後推開其中一扇吊窗。微弱的星光照射進來，月亮躲在雲中，分辨不出形狀。

沒錯——就是這樣的夜晚，開始進行最初的布局。

年約十歲的邵可之所以拋下兩名年幼的胞弟，離開紅家的原因。

「你到底為什麼要離家出走？」

回想起夢中的北斗說這句話的瞬間。

——靜謐的夜氣頓時丕變。

隨著鳥兒一同飛起的聲響，邵可全身不寒而慄。

還來不及思考，身體就已經採取行動。

下一瞬間，邵可已經從府庫消失無蹤。

二

空氣宛如漣漪般發出振動。漣漪的中心——一名女子腰部以下浸在仙洞宮內的禁池，披頭散髮，失焦渙散的目光呆愣的注視著遠處。

「——珠翠!!」

對於邵可的喚聲，珠翠的目光甚至沒有一絲挪動。

空氣的感覺再次產生變化，原本有如漣漪不斷擴散的波動，迅速的朝著同一方向凝聚。似是產生連鎖一般，珠翠雙眸的焦點也開始集中。為了能夠看見位於遙遠的遠方——理應看不見的光景。

——「千里眼」。

「住手!!」

無法同時將已經形成的「空間」打破，以及將珠翠拖出池子。

「霄太師!!你這個老頭偶爾也來幫一下忙行不行!!」

這一瞬間，不知從何處射來一把古老的匕首，命中並打碎構成「空間」的結界石。壓迫感好似斷了線般急速萎縮。邵可立刻把珠翠拖出水面。

他緊緊的將珠翠抱在懷裡，珠翠沾濕的黑髮有如扇子般在手臂散開。

「……你這小子到現在還是那麼任性——」

聽見霄太師說到一半就中斷的嘲諷，令邵可回過頭來，只見對方不知為何挑起眉，彷彿看見了什麼奇怪的事物般盯著自己。邵可皺起眉頭：

「怎麼了？」

「……沒有，只是覺得，好久沒看到了。」

他那低喃的口吻，以及有如青年般撥起披散瀏海的動作，讓邵可想起第一次認識之際，當時年約三十歲出頭的他。仔細想想，霄太師唯獨雙眼仍然跟年輕時期一樣，沒有任何改變。

「既然看到了，為什麼不阻止呢？你好歹也是珠翠的監護人吧？」

這次換霄太師露出驚訝的表情。接下來終於定睛打量著邵可：

「哦噢～」

「到底怎麼了？」

「沒事，如果自己沒發現就算了。」

霄太師以手指摸著珠翠的額頭，邵可並未阻止。珠翠雖然睜著雙眼，眼中卻不帶一絲情感。宛如心被遺留在某個地方般的空洞。

假如真是如此，再繼續這樣下去，珠翠雖然活著也跟死人無異。

「情況怎麼樣？」

「幸好及時阻止，一般不是死亡就是發瘋，不過應該不要緊了，現在反而比較可能會凍死，先讓她身體暖和之後，再讓她好好休息。」

霄太師用指尖將珠翠的眼皮闔上，這時，邵可才好不容易呼出緊繃的氣息。

「不過，有辦法在府庫察覺到以結界阻斷的氣息，然後隨即趕來的人，到現在也只有你而已。另外就是羽羽大人吧。」

「因為其他人幾乎全死光了。」

霄太師僅僅以視線望向順口低喃這句話的邵可。接下來，邵可雙手抱著珠翠站起身來，略顯不悅的皺著鼻頭：

「……總之，還是要向你道謝。」

「如果不阻止珠翠，就不知道秀麗姑娘是否能夠平安了。」

下一瞬間，一把匕首掠過霄太師的臉頰，深深的刺進背後的樹幹。

「——她很平安。」

邵可用如同冰霜般的目光與聲音如此表示，然後轉身離去。

霄太師無可奈何的縮了縮脖子，準備先去拿取破壞結界石的匕首——就在前一刻，另一個人的指尖搶先撿起了匕首。

「……真是的，你為什麼總是這麼幼稚呢？」

宛如上好的綢緞撫過肌膚般，充滿磁性的沙啞嗓音不敢置信的低喃道。

霄太師忍不住發出一聲呻吟：

「櫂瑜……大人……」

「你剛才對前輩發出很不屑的呻吟對吧。」

「抱歉。三更半夜的，你說話還是老樣子，老是沒頭沒腦的。」

每次面對從來不用老人口吻說話的櫂瑜，霄太師也不禁恢復過去的語氣。

櫂瑜從上到下，打量著霄太師：

「你也是老樣子，一副沒出息的樣子，正好成為最佳範本，讓大家瞧瞧沒娶老婆的男人會變得這麼窩囊。為了後進著想，要不要在寶物庫立一面『單身男人的下場』的告示牌，替國庫賺點收入如何？如果觀賞費用需要一文錢，我還滿樂意付的。」

「一個老頭裝模作樣有什麼用？」

明知說了也無濟於事，但霄太師仍不自覺的發牢騷。就算到了臨死前一刻，想必櫂瑜仍然會默不作聲，宛如貶眼般的閉上雙眼。因為他過去甚至在遭到敵人追捕拷問之際，仍然在意自己的外表儀容，到頭來沒有供出任何一個字，還奄奄一息的對著前來搭救的前代黑狼微微一笑說：「還是一樣那麼美麗。」

是一個經過千錘百煉，超會裝模作樣的男人。

「不過呢，對鴛洵一往情深的英姬姑娘根本就不可能看你一眼。把這分戀情默默的藏在內心，終生不娶這一點倒是值得讚賞。」

「啥？拜託你不要亂瞎掰故事行不行？就算聘禮附贈刷子，我死也不會娶英姬好不好，保證無條件雙手奉還。」

櫂瑜頓時回想起過去。不禁微微一笑，不知不覺已經過了這麼漫長的歲月了。

「……不過，你的確是很幼稚沒錯。」

說著，視線投向邵可離去的方向：

「說真的，能夠讓那孩子……讓邵可流露內心情感的人實在少之又少。偶爾也需要幫他找個宣洩的管道……霄。」

櫂瑜一聲不響的將撿起的匕首拋給霄太師。匕首畫出大大的拋物線，回到霄太師的手心。

「能夠超越那孩子之上的大人少之又少，而你又老是欺負他。」

「邵可已經快四十歲了。」

「只有四十歲而已。可是……前代黑狼、北斗、薔薇公主、先王陛下都已經不在了。能夠對那孩子伸出援手的『大人』，不知道為什麼，每個人都丟下那孩子一走了之。」

霄太師略顯侷促不安，粗魯的抓撓著瀏海。身為那群「大人」其中一人的櫂瑜，平時總是東奔西走，幾乎不在王都。

「……前代黑狼死得太早了。」

權瑜的輕喃似是融入黑夜般，顯得更深更濃。

霄太師沒有回答。自從前代去世之後，對當時只是個孩子的繼任「黑狼」陸續下達暗殺指令的，就是霄太師跟先王陛下。他們對此從來不曾感到後悔，無論霄太師、邵可及權瑜都一樣。那個時代，單憑華而不實的道理是成不了氣候的。

「……霄瑤璇，人確實不是完美無缺的，但是面對仍然不斷努力生存下去的人，你是不是可以好心一點呢？」

霄太師似是訝異的抬起臉。權瑜的微笑看來一如往常，但又覺得像是不著痕跡的諄諄教誨。

霄太師不明白權瑜「到底知不知道內情」。自己明明比權瑜活得更久，但權瑜從以前總是擺出一副比他知道得更多的表情，所以他很不擅於跟權瑜相處。

「邵可真的很難得會心生動搖。當那孩子因為擔心女兒的安危而動搖不已，你還故意刁他，我並不是叫你說謊，但至少說句『應該不要緊』又何妨呢？你是長輩吧。」

「你還是很關心邵可嘛。」

「那孩子完全不會注意到自己。平日都是他在照顧別人，總要有個人照顧他一下。如果你在嫉妒就老實說出來，我會考慮看看。」

權瑜嘴角輕輕勾起微笑，動作優雅地揚起衣襬轉身離去，霄太師的嘴巴則抿成八字形。他隨手把玩手中先前拋來的匕首。

「『應該不要緊』嗎?」

低聲說完,霄太師隨即露出像是說了什麼蠢話般的表情,然後轉身離開。

● ● ● ● ●

「櫂瑜大人……」

有一名為了一個孩子哭泣的殺手。在好似髮梳折斷的梳齒般,接連逝去的同胞之中,只有那個聲音即使經過了數十年的時間,依然鮮明清晰的在櫂瑜的腦海中不斷迴響。

為了先王陛下戩華而持續從事暗殺行動的前代黑狼。

「如果……我發生什麼萬一,那孩子就拜託您了。因為那個少年對於自己的事情,就像一個底部破了洞的水桶般不斷的漏出。」

請您一定要記得——前代黑狼委託櫂瑜。

「那孩子,絕對不是完美無缺的。」

前代黑狼以特別的名字稱呼邵可:

「魁斗就拜託您了。」

不久之後,前代黑狼就離開人世了。

三

邵可將珠翠抱在懷中急忙趕往府庫，途中才終於對霄太師那時說出「好久沒看見了」這句話恍然大悟。

「因為我把頭髮綁高了……」

不是平日綁在脖子後方，而是綁在後腦杓的位置。似乎是一想到北斗、紅家或秀麗的事情時，就會無意識的綁在那個位置。在此之前，一直沒有發現到，看來真的有點失常了，而且最糟糕的是被霄太師看穿這一點。

走進府庫的休息室，匆匆忙忙準備了許多毛毯，並且整理床鋪。

「魁斗。」

這個名稱不知為何從內心深處被喚醒。

帶來死亡的，北斗七星的第一顆星。

腦海掠過當初替他取這個名字的人……仔細想想，自己已經不知不覺的超越了那個人的歲數。

「認識那個人的人也愈來愈少了。」

甚至連珠翠跟北斗也不知道前代黑狼。

往火盆添火的同時，倏地看著珠翠。

（……珠翠從以前就是個聰明的孩子，但就是不會刺繡，這絕對是受到我跟內人的影響……）

這是在一開始教育嚴重失敗，接下來就很難修正過來的最佳範例。由於自己跟妻子都是從小接受與眾不同的教育，因此無法「正常」的教導珠翠。「黑狼」時代有信心可以挑出細小的魚刺，但是平常沒辦法這麼做。基本原則就是盡量偷工減料，睜一隻眼閉一隻眼……看樣子刻意偷工減料似乎是滅過頭了。

「珠翠也已經長大了呢……」

變成一個美麗高貴、溫柔善良的姑娘……其實，她原本可以過著幸福的生活。唯獨對於這一點，邵可到現在仍然後悔不已。

「為什麼現在還遇不到好姻緣呢？連個緋聞也沒聽過，看樣子是眼光太高了。好不容易學會做出好吃的包子，總不能老是做給我吃吧？」

邵可側著頭思索了片刻，當然想不出所以然來。少女心實在難以捉摸。

「……接下來。要是不脫下濕淋淋的衣服肯定會凍死。唔──嗯……」

邵可顯得猶豫不決，如果在年紀尚小的時候還說得過去──

就在這個時候，邵可的目光轉向門扉，然後輕笑起來。

「……來得正好。」

正想走出休息室之際，邵可發現自己仍然綁在較高位置的頭髮。今天真的有點不太對勁，於是他動作俐落的重新將頭髮綁在脖子後方的位置，接著從門扉探出頭來。

「黎深，有件事情可不可以請你幫忙一下？」

迎面走來的黎深不假思索的當場回答：

「樂意之至。」

「對了，你來有什麼事嗎？」

幫珠翠換好衣服，為她蓋上溫暖的被褥，讓她好好休息之後，邵可才向胞弟提出這個問題。

黎深瞄了休息室一眼：

「那個女人做了什麼？」

「她只是想要使用『千里眼』而已。」

理解這句不經意說出口的話的同時，黎深手上的摺扇滑落。

「……『千里眼』？」

「珠翠的能力可以輕易超越千里。」

「她想在王城使用這個能力嗎？」

「沒錯，所以我前往阻止。」

黎深輕輕閉上雙眼：

「我明白了，我會撤掉監視人員。」

「哎呀，這對平常疑心那麼重的你來說，真是難得。」

「看到她受到這樣的對待，很難不信任她，即使是縹家的人也會沒命。」

黎深拾起落地的摺扇：

「既然擁有如此的特異能力，縹家居然會放任她到現在。」

「因為在一開始……被認定是『廢物』。」

邵可的低喃讓黎深沉默下來，接下來並沒有繼續追問。

「……大哥。」

「嗯？」

「可、可不可以幫我泡杯茶？」

「怎麼？三更半夜的，你想賴著不走啊？」

「有、有什麼關係！」

「說笑的。」

邵可笑著站起身來，像是對待孩子般的輕敲黎深的頭。

「不過，今天不喝茶，改喝酒吧。而且你必須在天亮以前回去好好休息，因為你跟我不同。」

聽了最後一句話，黎深的眼神轉為銳利。邵可面帶苦笑加以補充道：

「我的意思是，你明天還有工作要做對吧，忙碌的吏部尚書大人？千萬不要給絳攸大人增添太多麻煩。」

「沒關係啦，年輕人多吃點苦是好事。」

「……我聽起來怎麼覺得你像是不理不睬。」

「還不都是因為大哥不願意讓他吃苦的關係。」

當邵可拿著兩個附有杯腳的酒杯，以及酒瓶回來的時候，黎深表情認真的抬望著他：

「大哥有什麼負擔的話，我會買下來。」

「啊哈哈，代價可是很高的喲。」

「哼，沒有什麼事情是我辦不到的。」

「是嗎？其實我這邊有個貴得嚇死人，名叫紅黎深的負擔。」

自信滿滿搖著的扇子倏然打住。

「我原本打算負起責任，一直背負這個負擔到最後，既然你這麼說的話——」

「——啊啊大哥！」

「怎樣？你想自立門戶了嗎？」

「……請、請你、不要出售……」

見胞弟一臉悲淒的表情，邵可忍不住笑出聲來：

「這下你明白了吧？我的負擔是非賣品，不會出售給任何人。此外，同一個櫃子裡還有一個名叫紅玖琅的負擔哦！」

「那個請立刻賤價賣掉。」

「不行不行，他跟你是兩人一套的，如果沒有人願意代替我接收這些負擔，我是不會出售的。」

根本不會有人想買。

黎深怨懟的瞪視兄長：

「……大哥你今天很壞心。」

「是嗎？有嗎？」

邵可熟練的往酒杯倒酒，同時心想，或許真是這樣也說不定。

腦海緩緩盤旋著琵琶的琴音。

『你正是比任何人都更具有紅氏一族資質的男孩……你一定要守護紅氏，邵可。』

腦海浮現夢中姑婆的聲音，以及詢問為什麼要離家出走的北斗。今天確實很奇怪，一直想起過去的事情。

「黎深，我問你，你還記得玉環姑婆嗎？」

突如其來的話題讓黎深吃了一驚：

「咦？記得啊。她在我小時候就去世了——算是比較不笨的親戚。」

如果詢問黎深，他對於專制治理紅家的幕後女宗主的看法，一樣也會做出這樣的評價。

「而且她是少數比較疼愛大哥勝過我的人，單憑這一點就可以給予她高度評價。」

這番話忠實呈現出黎深的絕對基準到底在哪裡。

「記得玉環姑婆一走，當時的紅家岌岌可危。從後宮回來以後，實際在治理紅家的就是她。人長得漂亮，頭腦又聰明，處理事情具有先見之明，自尊心很強，再加上野心勃勃……而且還彈了一手好琵琶。」

說到最後一句，黎深沉默了片刻，然後搖晃酒杯：

「真的不再彈了嗎？」

即使沒有主詞，邵可也明白弟弟話中的含意。

「玖琅那個笨蛋，一直誤以為彈奏搖籃曲的是我。」

「沒錯啊，你確實也會彈。」

「再怎麼樣，也不應該把我跟大哥的琴音聽錯，總之我是不會告訴他實情的。」

他冷哼一聲，同時嘴唇抵著酒杯，一口氣把酒飲盡。

「……如果……我說想再聽一次，行不行？」

對於他的請求，邵可並未敷衍了事：

「——不行。」

黎深並沒有詢問為什麼。邵可貫徹始終的鋼鐵意志，一旦做下決定就絕對不會改變。黎深比任何人都深知這一點。

邵可看著黎深的表情，微微露出苦笑：

「……真是的，你為什麼會這麼喜歡接近我呢？」

還不等黎深回答，邵可便以食指「咚」的一聲輕敲桌面。

「黎深。」他以深沉的嗓音呼喚胞弟的名字。

「你唯獨對我毫不隱瞞，也從來不欺騙我……應該說沒辦法欺騙我對吧？」

「是的。」

「可是我會滿不在乎的隱瞞你、欺騙你，而且以後如果覺得有需要，我還是會這麼做。」

他「咚」的一聲再次輕敲桌面：

「你總是直接答應我的請求，而我卻不是，就連你希望我彈奏琵琶的小小心願我也做不到。」

「……是。」

「你希望我放棄『黑狼』身分的這個充滿關懷的心願，我也做不到。即使是過著平靜的生活，我想我也做不到。無論你如何努力阻止我，我一旦做下決定就完全不予理會。你無法命令，也不允許你命令。我只做我想做的事情，從以前就是這樣，以後也是如此。」

同樣是溫和的聲音，但卻是不容否認的統治者的話語。那是幾乎沒有人聽過的，讓姑婆形容成具備最優秀的資質，身為紅家嫡系長子的聲音。

黎深好似枯萎的青菜般垂下頭：

「……是。」

「我是個無情的兄長，這樣你還會喜歡我嗎？」

「是。」

聽見這個毫不遲疑的回答，邵可再次面露苦笑：

「為什麼？」

黎深隨即陷入思索，但很快就放棄。雖然內心早有答案，卻完全不知道應該如何說明。

「……這個問題的答案，很難具體說明。況且，我雖然沒辦法欺騙大哥，但內心也有一些祕密。由於牽連到一些事情，所以更是不能說出口。」

「咦？什麼？什麼祕密？」

「……說出來就不是祕密了。」

邵可挑起眉，望著守口如瓶的胞弟。真是稀奇。

「沒想到，你也有不能對我說的祕密啊。」

「跟大哥的事情比較起來，只是微不足道的事情。不過大哥，我覺得啊，你從以前就老是自作主張。」

這次開始沒完沒了的酒後吐真言：

「兩手空空的出門，然後又突然帶了一大堆禮物回家。口頭上說會留下來一陣子，第二天卻不見人影。就算想追上去，可是身邊有玖琅這個拖油瓶，想追也沒得追。老是說謊又不遵守約定，每次都用笑臉跟禮物矇騙過去。」

「哇，我這個兄長真是太差勁了。我愈來愈覺得，你會喜歡我是件很不可思議的事情。」

邵可自己也覺得不敢置信。然後看著黎深緩緩下垂的眼皮，內心鬆了一口氣。看來攙雜在酒中的藥終於生效了，要讓對各種藥物都具有抗藥性的黎深入睡是相當困難的。

能夠讓黎深明知酒中下了藥，卻仍然舉杯一飲而盡的，恐怕只有邵可而已。

「大哥……」

「嗯？」

「大、大哥你喜歡我嗎？」

邵可笑而不答：

「好好睡吧，你這陣子忙著蒐集茶州的情報，幾乎都沒睡對吧。」

「你不回答，我就不睡。」

「我才懶得理你，至少在這個世上必須有這麼一個人才行……你大概就是因為太寂寞了，所以當不了大壞人。」

「以前，我去找大哥……」

「然後，在路上撿到了絳攸大人對不對？」

「是啊，隨手在路上撿的……」

「悠舜大人、鳳珠大人都找到你了，還有百合公主也是。」

「你又要丟下我跟玖琅，一個人離開嗎？」

「是啊，或許吧。」

「不要小看紅家宗主跟代理宗主哦，我們擁有足夠的財力與權力，甚至可以前往位於這個世界盡頭的彩虹瀑布去找人。」

「快睡吧……哥哥很愛你，雖然是騙你的。」

黎深趴在桌上，閉上眼的同時，像個孩子般的笑了：

「……大哥，關於剛才的回答……其實我知道『為什麼』。」

「啊？」

「知道大哥『為什麼』要一直說謊。」

邵可瞪圓了雙眼。

「所以我還有玖琅才會一直學不乖，一次又一次的等候大哥回來……現在則是在等待之前，主動前去迎接……」

邵可的腦海掠過北斗的話：

『你到底為什麼要離家出走？』

回過神來，他用力彈了黎深的鼻子：

「黎深，你相信童話故事嗎？」

幾乎要整個閉上的眼睛稍微睜開，然後緩緩輕喃：

「我只相信一個……」

接下來，黎深這次真的睡著了。

聽了他的回答，邵可仰頭閉上雙眼。

酒量明明不錯，不知為何卻感受到一股舒適的倦怠感。

「今天果然不太對勁……」

一直欺負黎深。

輕敲黎深的頭代替道歉。

黎深沒有多加追問，想必他早就知道兄長忐忑不安的原因是什麼吧。

獨自飲光酒瓶裡的酒，邵可撩起瀏海。他知道自己並不完美，但會不會是鬆散的日子過得太久了的緣故呢——

毫不掩飾內心的想法，故意刁難黎深，這樣實在太沒出息了。

「……過去的我還比較爭氣一點。」

明明知道一定會平安無恙，已經如此不斷的告訴自己，但內心仍然掛念著秀麗的安危。如果可以直接飛奔過去該有多好。

但是，這是屬於秀麗的戰爭。

邵可回想起自己離家出走的情形，不禁面露苦笑……秀麗就是過去的自己。

獨自思索，獨自選擇道路，即使明知危險，只要判斷有這個必要，就會毫不猶豫的全心投入。

「……是遺傳到妻子跟我兩人頑固到了極點卻又不肯妥協的個性吧……」

由於知道有人擔心自己，所以佈下能夠保護自己的最佳策略。但是「即使明白應該不要緊」，等待的人仍然是放心不下。

因為非常清楚活著是很難確定的，但死亡是一定會來臨。

邵可再次輕敲胞弟的頭。事到如今終於親身體會到，當時兩個弟弟究竟是抱著怎麼樣的心情，等待著不知道何時會回來的自己。

邵可不會開口道歉。不管時光倒流幾次，他還是會做出相同的選擇，而且如果有必要，以後也是一樣。既然會重蹈覆轍，那道歉也沒有意義。

他只覺得，幸好當初留下他跟玖琅兩人，兩人在一起就不會寂寞。

以道謝代替歉意：

「……謝謝你們一直以來的等待。」

因為他明白，長久的等候是一件非常困難的事情。

●●●●●

「大哥！」

那是在被父親以「遊學」的名義逐出家門的夜晚。

黎深幾乎用拖曳的方式，硬拉著幼小的玖琅，奔到邵可身邊。

「請……」

「請？」

明知他是想說出「不要走」這句話，邵可仍然故意裝傻。聰明的黎深單憑這一點就察覺出再怎麼懇求也無濟於事。

「請、請你、一路小心……」

向來任性又自大的黎深，之所以唯獨在邵可面前輕易屈服，並不是基於什麼天大的理由，只因為邵可從以前就比黎深來得更冥頑不靈、更一意孤行。

「……玖琅！你也來為大哥送行！」

才剛開始學說話的么弟，一臉認真的側著頭：

「哥哥，你要出門嗎？晚上很危險，還在下雨耶。」

邵可微微一笑，同時高高的抱起玖琅：

「說得也是。不過，哥哥有事非走不可，你就跟黎深哥哥一起乖乖的留在家哦。」

「那你什麼時候會回來呢？」

「這個嘛……等雨停之後，太陽公公每天都會出現的時候吧。」

「這樣的話，我要做很多很多的晴天娃娃等哥哥回來，希望雨早點停下來讓哥哥早點回家，那哥哥就可以再說很多很多的故事跟『祕史』給我聽。」

聽了這番發音不清，充滿關懷的話語，邵可面帶微笑，緊緊抱住玖琅。接著拉近黎深，同樣以單手抱住他。

「……我要走了，黎深，玖琅就拜託你了，你要代替我彈奏琵琶哦。」

邵可對兩位胞弟說了許多謊言。邵可再次回到紅家的時候，並不是晴天而是風雨交加的天氣，而且已經過了一年以上的時間。然後，再也無法為兩位弟弟彈奏琵琶。

「……玖琅會討厭我也是應該的。」

邵可面露苦笑。玖琅直到現在還是很討厭下雨天，大概就是因為那個時候。

經過了一年，當邵可回到家的時候——

兩位胞弟開心的迎接略微長高一些的邵可。

吊得到處都是的晴天娃娃，寫給管理風雨的神仙——雨師風伯「請不要下雨」堆積如山的書信。黎深彈得比以前來得更加熟練的琵琶。

不斷等待的兩個弟弟。

然而，只有邵可再也無法跟那一天一樣了。不，應該說自從離開家的那一天起，自己便選擇了那條道路。

回到家的時候，邵可已經繼承了前代黑狼的位子。

而就在邵可回家不久之後，原本相當健康的姑婆玉環，突然猝死。

那一天是邵可彈奏琵琶的最後一夜。

四

「邵可大人……」

讓黎深躺在休息室之際，睡在對面床鋪的珠翠睜開雙眼，與剛才空洞的眼神截然不同，從堅定的雙眸可以看得出她現在是完全清醒的。

邵可窺看著珠翠，看到她帶著情感的目光鬆了一口氣。

「有沒有覺得哪裡不舒服？」

「沒有……」

「我已經幫妳煎了藥湯，現在就去拿過來，快喝吧。」

「沒關係，我可以自己起來。」

「那麼妳就坐到桌前喝吧。」

邵可聽來溫和親切，卻不容分說的聲音，讓珠翠原本還有些恍惚的腦子，瞬間凍結成凍土。

珠翠臉色蒼白。而且因為間隔太久，早就忘記如何因應了。北斗大哥是那種，與其說容易被激怒，倒不如說是動不動就生氣的人，而夫人也毫不讓步的展開激戰，但珠翠實在是學不來。腦子拚命思索著應該怎麼辦才好，結果不知不覺的，整個人就包在毛毯裡喝著藥湯。

（……生、氣了……）

身體還是如鉛塊般的沉重，不過邵可的藥湯不同於爹親茶，藥效相當好。喝下熱騰騰的藥湯，連指尖也漸漸暖和起來。況且比較起來，茶真的難喝太多了，所以藥比較容易入口。

只是珠翠感覺如坐針氈，因為邵可一直沒有開口說話。

珠翠冷汗直流，然後喝下最後一口藥湯——來了。

才這麼心想，他果然毫不留情的開口問道：

「那麼，可以告訴我，妳之所以違背了不再使用特異能力的約定是基於什麼理由嗎？」

理由？

珠翠回想起，在秀麗啟程之後的這段日子以來，劉輝殿下的說話次數跟睡眠時間大幅減少，邵可大人也是連日留在府庫，等待茶州方面的消息。單單怪病就已經是相當嚴重的事件了，再加上縹家主動介入，秀麗小姐被發現了，而珠翠也被璃櫻大人發現了，由於身分曝光，黎深大人開始派人監視她——

內心積壓了許多壓力的珠翠，聽到理由這個字彙，頓時爆發出來：

「我、我！擔心秀麗小姐有什麼不對嗎！反正前些日子早就被璃櫻大人發現了。事到如今用不用特異能力還不都是一樣，既然要做就做得徹底一點。而且我也事先做了保住性命的祓禊儀式！對方可是——」

珠翠奮力站起身來，態度隨著下一句話而漸漸緩和消沉：

「——可是縹家。」

邵可撫著珠翠像個孩子般稍稍垂下的頭：

「抱歉，讓妳操心了。」

溫和的聲音讓珠翠的喉嚨深處發出聲響。

其實珠翠相當清楚，自己衝動的行為只不過是一種自我滿足而已。只要耐心等待就可以等到想要的情報，在這之前，珠翠再怎麼「看」也毫無意義。

她只是想要做些事情罷了。想起了過去，因而感到不安、恐懼，為了讓自己好過一點，所以想做些事情，也因此才會衝動行事。

邵可明白這一點卻沒有予以指責。

「……對不起……」

「妳要是發生什麼萬一，秀麗會很傷心，劉輝也會不知所措。自從秀麗離開之後，支持他跟後宮的就是妳，不要忘了這一點，現在有很多人需要妳。」

珠翠閉上眼，聆聽他的聲音。

「……是的。」

「乖孩子，那就送妳一顆糖果吃。」

雖然完全被當成小孩子，但珠翠還是很開心。驀地，她忐忑不安的轉動空茶杯，然後鼓起勇氣詢問道：

「……那個，關於剛才的事情……如果我發生什麼萬一，邵可大人您……」

「我會宰了對方，扔進河裡。」

邵可從盒子拿出糖果順手一彈，精確的扔進珠翠口中。

「換成內人肯定會是肉乾，北斗的話一定是醃魚，不過因為我最親切。」

糖果開始融化，甜甜的滋味在口中擴散開來。

明白自己受到疼愛的感覺非常開心，珠翠笑得像個孩子一樣。不過……

冷不防察覺到一個事實。

她僅以視線俯望自己現在的衣著，接下來，又是拍打又是拉扯「不記得有穿上」的衣服下襬，以確認是不是真的。

「珠翠？衣服有蟲嗎？」

「……請問、我的……衣服……」

「啊啊，因為妳全身濕透，再這樣下去會凍死，所以就幫妳換了衣服。我想說，我來換實在不太妥當，所以就叫黎深──」

「！！！！」

珠翠臉色整個刷白。不會吧！

「叫他派個姑娘，帶了替換的衣服過來。女官服也順便幫妳拿來了，等一下妳只要換個衣服就行了。有個當大官的弟弟，在這個時候還挺方便的。」

珠翠放鬆下來，整個人趴在桌上……心臟差點停止……

「啊，是不是應該找藍將軍大人比較好？」

珠翠猛然跳起來：

「請不要開玩笑了!!我可沒有信心不會因為反射動作而當場宰了他!!」

「會還是不會？」

「會，再用醋醃。」

邵可手扶著下巴：

「唔嗯，他向來禮遇女性，或許會是一場勢均力敵的決鬥也說不定。有辦法跟妳大吵一架，還可以存活下來的男人，大概也只有藍將軍大人了吧。」

「邵可大人!!您、您誤會了!!」

珠翠「啪啪」的拍著桌子。她知道每次把那個沒有節操的跟頭蟲趕出後宮的時候，就會傳出奇奇怪怪的謠言，沒想到會傳到邵可大人耳裡。

不過，邵可收起笑容：

「唔嗯，雖然需要藍將軍大人的能力，但是不能把妳交給現在的他。」

「咦？」

「差不多該事前說清楚了。雖然藍將軍大人只是當成消磨時間，但是在各方面，幾乎沒有一個男人的條件能夠比得上他。但我是不可能把妳交給一個逢場作戲的男人。」

看見他擺出略顯為難，卻相當認真的表情，看來不是在說笑。

珠翠陷入混亂。現在是什麼樣的狀況，邵可大人怎麼會談論這種事情。

（是夢嗎!?我該不會還在作夢吧！）

「咦？這個、那個、不要緊的。我自有辦法讓他知難而退。」

「如果真的遇到什麼困難一定要告訴我哦。珠翠？妳是不是發燒了？怎麼滿臉通紅？」

珠翠在內心潸然淚下……秀麗小姐的遲鈍絕對是來自父親的遺傳。

「……至於黎深大人……他似乎解除了對我的監視。」

「因為妳充滿骨氣的衝動行為，甚至足以讓黎深二話不說的直接打退堂鼓。」

「……對不起……」

「接下來，只要向霄太師簡單道個謝就行了。簡單就好，盡量簡單，簡單一點。」

話中含意好像是在說不要道謝，所以珠翠想事後再悄悄的向霄太師道謝好了。

「還有，謝謝妳那麼擔心我跟秀麗。」

珠翠不知道該如何回答才好，於是沒來由的收拾起瓶子。同時想到要泡茶，結果小茶壺被邵可壓住：

「我來就好。」

珠翠帶著準備赴死的笑容面對爹親茶。

（……工作的時候明明那麼能幹，每件事情都很周到，為什麼會……）

正因為明白那不是演出來的，所以更加深了疑問。

邵可仔細打量珠翠：

「……每次看見妳，我就會想起北斗。」

「咦？」

「呃，一開始的時候，他很害怕接近妳。當我拜託他陪妳玩的時候，他立刻臉色大變緊緊抱住我說：『什麼？等一下，要玩些什麼啊！？該不會是砍頭遊戲吧！？這樣比較好玩嗎！？』還露出一副真的快要哭出來的模樣。很傻對吧？」

「……那真的會哭耶……」

砍頭遊戲太恐怖了。不過，最疼愛珠翠的也是北斗。

「北斗會收養翔琳他們，並且好好的將他們扶養長大，全是托妳的福。」

驀地，珠翠從盛著爹親茶的茶杯抬起頭來，真難得聽到邵可談起過去的事情：

「您剛才跟黎深大人聊起過去吧……」

即使不是故意偷聽，但在那樣的距離，珠翠不知不覺就會聽進去。

這時傳來鳥叫聲，天將破曉——

穿越破曉之前的黑暗時刻。

「是的……那個時候從來不曾想過前代『黑狼』會死去，先王陛下會駕崩。感覺這兩人是怎麼殺也殺不死的。」

「前代黑狼……」

「是的……目前幾乎沒有人知道那個人了，連北斗也不知道——」

從登基以前，就一直隨侍在先王左右，以腥風血雨染紅了黑夜戰場的死亡使者。直到現在，邵可……一直這麼認為。

『哎呀呀……我說你也未免太能幹了。一個沒頭沒腦的大少爺，根本沒辦法在這個時代逍遙自在的生存下去，也因此才會被戩華看上。』

望著邵可，有著一雙宛如七夕晴朗夜空般的眼眸，面露燦爛笑容的人。

『唔嗯，戩華，決定了。就是這個孩子，所以絕對不准下手。』

如果那個人還活著的話。

『戩華很笨的，有時候會猜不透他會做出什麼事情來，所以我不在的時候，就由你負責看管。千萬不要指望霄大人。』

……先王陛下或許會有所改變。如果那個人留在身旁，最後或許不會被稱作血腥霸王——

「……請問是一位怎麼樣的人呢？」

聽到珠翠這個無心的問題，邵可的喉嚨深處在瞬間輕輕停止呼吸。

跟那個人只相處了一年多。

那個人的實力真的比任何人都來得強，所以邵可從來不曾懷疑過。那個人……居然會有遭人殺害的一天。

『少年，你有沒有想要保護到底的重要事物呢？重要到甚至可以殺人？』

做出肯定的回答之後，那個人立刻露出嚴厲的目光：

『你有？你只能為你自己殺人。絕對不要把你認為是全天下最重要的人，拿來當做殺人的藉口。要墮落，自己一個人墮落就夠了。』

在邵可的內心留下了既短且長——難以抹滅的鮮明記憶。

然後就此消逝的人。

邵可不經思考就直接脫口而出：

「……那個人是讓我有生以來第一次哭泣的人。」

如果沒有那個人，就沒有現在的邵可。

●　◉　●　◉　●

「我來猜猜你現在在想些什麼？」

現在回想起來，邵可還是覺得很不可思議，為什麼那個人會知道那麼多事情呢？

「你自己也不清楚，到底要怎麼衡量自己究竟是冷淡還是體貼對不對？」
看到邵可一臉著實驚訝的表情，黑狼苦笑道：
「說得也是，就算不知道也沒關係。」
「為什麼呢？」
「這個嘛，等到三十年之後，你還是不知道的話，我再告訴你好了。」
講是這樣講，但幾乎從不說出答案。不過……
「……可以問一個問題嗎？」
「啊，慢著，我知道你要問什麼——真的會下手。」
那個人絕對不會說謊。
「如果你沒來，過不久，我就會對你們兄弟三人下手。」
「……連玖琅也一樣嗎？」
「沒錯。雖然年紀還小，但你們兄弟感情實在太好了。必須三個人一起解決，不然以後會變得很棘手。到時再叫你們的父親另立繼承人就行了。」
邵可按著太陽穴，他原本以為在最糟的情況之下，至少玖琅應該可以存活下來才對。
「……我太天真了。」
「這跟你一點關係也沒有，對於還是小孩子的你，本來就沒有辦法做出太多對策。正因為你去見了戩華那個無惡不做的大笨蛋，而且沒有被殺，這樣就是最棒的結果。你表現得很好。」

邵可抬望黑狼美麗的側臉。

黑狼牽起把臉半埋在膝蓋之間的邵可的手。露出看似哭泣的微笑：

「……謝謝你願意過來。可能的話，我並不想殺害小孩子。因為小孩原本就少之又少……都是大人太愚蠢了，才會害得像你這樣的小孩受委屈。」

那個時候，邵可有生以來第一次覺得自己變成了「小孩」。

●

「……是一個非常、非常溫柔的人。但是，實在很奇怪……那個人卻不得不殺害那麼多人。」

為了國王，不斷進行暗殺行動的，最強的殺手……反過來說，理應由別人動手的部分，全都由那個人概括承受。一心希望人們不再相互殘殺的時代來臨的人，卻是雙手染血不斷的殺人。

「開心的看著天氣放晴，仰望夜晚的星星月亮，抱起孩子逗弄，體諒人心，遵守承諾，即使所有人遺忘了，那個人卻會一直牢牢握著。而且，從來不會忘記笑容……無論遇到什麼悲傷與痛苦，全部藏在自己心裡，臉上隨時帶著笑容。就是這樣的一個人……」

邵可沒有發現珠翠的表情突然改變。

對邵可而言，待在黑狼身邊的那些日子，是一段非常奇妙的經驗。第一次被「一群望塵莫及的大人」包圍，有時平等對待他，有時又將他當成小孩子。

「先王陛下可以說是為所欲為。靜蘭一直以為自己很像他的父王，但其實根本無法比擬。只要看某個人不順眼就立刻連誅九族。只不過是長得帥，能力好，頭腦又聰明，但個性糟糕透頂。若非前代黑狼每次的諄諄教誨，阻止失控的先王陛下，我跟妳大概在出生之前就會死了吧。」

「先、先王陛下是這樣的人嗎？」

「對了，妳只知道前代黑狼死後的先王陛下。」

看著這個略顯落寞，又稍微摻入提及懷念往事時喜悅的微笑，珠翠忍不住脫口而出：

「邵可大人……」

「唔嗯？」

「您很喜歡前代黑狼大人對不對？」

珠翠一邊盯著茶杯一邊喃道：

「因為前代黑狼大人就跟我所認識的邵可大人一模一樣。」

邵可屏住氣息——然後暗地呼出。

邵可到現在還不知道「自己」是什麼樣子，雖然約定的三十年就快到了．但是說好要告訴他答案的人已經不在了。

說了許多謊言的邵可，已經分辨不出什麼才是「真的」。然而，他深深知道自己跟那個人的不同之處。

假如換成是前代黑狼，在面對自己女兒陷入危機之際，絕對不會像他一樣坐在這裡，完全不採取任何行動。

……雖然自己無法做得跟那個人一樣。

「……是的，我很喜歡那個人。」

卻一直希望可以跟那個人一樣。

溫柔、嚴格，而且不知為何，比邵可更了解邵可的人。

為了保住孩子的性命，於是訓練孩子學習如何殺人，將他培養成殺手——那是一種異樣的、殘酷的、不合人道的行為。沒有任何正義，也不予正當化。黎深到現在仍然憤恨不平。

然而，邵可知道一件事。

「我希望有一天，可以看見有人貫徹那所謂的華而不實的長篇大論。」

知道這是人人聞之色變，視其殘忍無情「黑狼」的心願。時常獨自哭泣，看見飽受戰亂摧殘的村落與城鎮，比誰都來得心痛，這一切甚至驅動了邵可從不脫軌的齒輪。

沒錯——邵可很喜歡「她」。

將許許多多的寶物滿滿擺在手心的人。

「我一直希望可以跟那個人一樣。」

因此，當她死去之際，他以自己的意志選擇走上繼承她衣缽的道路。

那是很久很久以前——遙遠的過去。

「微臣明白陛下的意思。」

在前代黑狼殞命之後，受到國王傳喚的邵可，未等國王下達旨令，隨即溫和的微微一笑：

「遵旨。微臣立即返回紅家，盡速暗殺姑婆——玉環。」

——下任「黑狼」由我繼承。

五

看著珠翠梳起髮髻，恢復成女官長的模樣，邵可感觸良多：

「少了妳，後宮大概也維持不下去。」

珠翠垂下頭以掩飾漲紅的臉龐，然後緩緩低喃道：

「……陛下他……」

「唔嗯？」

「默默承受了很多壓力……」

……很少有人察覺到他的孤獨。

因為眾人均認為以他的地位，自然是想要什麼就可以輕易獲得。

對珠翠而言，也是在秀麗以貴妃身分入宮以後，才明白這一點。

當秀麗離開後宮之後，珠翠每天看著國王。發現有個事物一直不斷的，一點一滴的消失。

明明付出了相當的努力，但每個人都覺得因為他是國王所以是理所當然的。做得好是理所當然的，努力也是理所當然的，因為他是國王。

……給他許多「誇獎」的秀麗不在了。包子、櫻花繡帕、二胡琴音、你很努力，你很了不起，你會不會很累？面帶微笑為他補充失去事物的少女已經不在了。

雖然珠翠能做的事情不多……

「……我想盡可能主動的，或多或少幫上一些忙……」

「……唔嗯，謝謝妳。」

珠翠想起了縹璃櫻——她的藏身之處終於被縹家發現了。

「事情到了這個地步，我也不知道還能在後宮待多久……」

「我會保護妳。」

邵可做出保證：

「我不會讓縹家動妳一根汗毛，這是我跟內人的約定。連同北斗的分，一定會保護妳到底。」

珠翠瞬間露出快要哭出來的笑容……這個人心裡所愛的，永遠只有一個人。

（不過，這樣也沒關係。）

邵可、邵可心愛的女子、兩人愛的結晶秀麗，都是珠翠的最愛。

「謝謝您，邵可大人，有您這番話就夠了。」

正因為明白自己受到重視，所以不管別人怎麼說，珠翠都覺得這樣就夠了。對於曾經被視為「廢物」的珠翠來說，能夠喜歡上一個人就已經很幸福了。

「——不要緊的，我會奮戰到底。」

就在這個時候，珠翠聽見熟悉的腳步聲。當然邵可也察覺到了：

「哎呀，是藍將軍大人。正好可以請他送妳回後宮——」

珠翠立刻轉過身，連聲告辭也沒說，就飛也似的逃走了。但是，不愧是藍將軍，可以聽見他搶先一步找到並且緊追上前的聲響。這麼一來，不得不佯裝成「普通人」的珠翠反而處於下風。

（啊，珠翠繼續用快速的腳程不斷逃跑。看來對此已經相當熟練了，但是藍將軍大人也不會是省油的燈。）

聽著逐漸遠去的爭吵聲，邵可忍不住笑了出來：

「年輕真好，您不這麼認為嗎？權瑜大人。」

邵可的這句話，讓似是交錯般走進府庫的櫂瑜不禁愣怔，他從邵可年紀輕輕繼任為「黑狼」的少年時期就看著他。直到他遇見了一名命中註定的女子，不久後又再度失去她的青年時期──

「邵可，你不要忘了自己也很年輕……你那是什麼表情？」

每次看到櫂瑜，邵可就會不由自主的想起前代黑狼。

「櫂瑜大人……」

現在，還記得已故的前代與自己的人。

正因為如此，才會忍不住脫口而出：

「……如果，那個人還活著……」

邵可眼中有如玻璃般的情感逐漸消失，映入眼簾的，是原本不應該失去的人。原本以為不可能死去的人，在一開始就以為會永遠持續下去的那段時間。

「別去想了。」

櫂瑜輕拍邵可的臉頰：

「如果她還活著，不等你們相遇，她早就殺死『薔薇公主』了。」

邵可的喉嚨深處打顫。

是的──一點也不錯。由於暗殺「薔薇公主」失敗，而遭到縹家殺害的死之鬼姬。正因為她的喪命，邵可才會繼任，耗費十年歲月不斷磨練──在暗殺行動當中，邂逅了自己的妻子。

任何一方都是不可或缺的，宛如螺旋一般的命運之輪。

妻子是全天下最深愛的人。然而，在遇見那雙有如電光般的眼神之前——

「……你哭了嗎？本來一直擔心你只會笑卻不會哭，現在我可以稍微放心了……」

當前代黑狼氣絕的那個時刻，邵可有生以來第一次為了別人流淚。

那個時候，他確實是打從內心憎恨「薔薇公主」。決定有一天絕對要殺了她，正是這個想法促使邵可成為絕代殺手。

成為第二位能潛入可直接見到「薔薇公主」場所的殺手。

……而她的死，也扭曲了另一個男人的未來。

那名殘暴無情的血腥霸王。當內心失去了唯一宛如高掛在天上明月的女子之後，國王再也不愛任何人。

如果「薔薇公主」與邵可沒有相遇，秀麗就不會出生。但是如果前代黑狼還活著，國王總有一天會懂得去愛除了她以外的人們，劉輝跟靜蘭也不至於被拆散——

「戩華……答應我……你要當一個賢明的國王……建立、一個……一個沒有孩子哭泣的……國家……」

——從此以後的國王，只是為了遵守約定而留在王座。過去，冷酷的霸王總是不情不願的聽從她的請求，既然她已經死了，也就沒有必要用心遵守約定。正如同態度淡然的下圍棋一般，為了肅清礙眼的皇子與妾妃，甚至不惜連累一般百姓，而且毫不顧慮真心愛著他的妾妃。

直到最後的最後。

如果，她還活著的話——？

「你愛上她了嗎？魁斗。」

這句話讓邵可面露苦笑。

那不是愛。邵可是小孩，她是大人，就像是仰慕姊姊般的心情。

（況且還有一位跟地獄看門狗沒兩樣的國王……）

不過，如果在某一天，會為了別人流淚的那個時候，得知那讓自己心碎的淡淡情感名稱。或許有一天，甚至不惜跟那個最強的國王戩華交手三天三夜也說不定……事到如今，這些都是毫無意義可言的假設。

「……魁斗，你去陪陪劉輝殿下吧，他似乎一直睡不著。」

聽了櫂瑜的話，邵可點點頭……今天真的很反常。

「……魁斗。」

「什麼事？」

「華真大夫來見我了，他有話要我轉達給你。」

權瑜靜靜的說出口信：

「……『接下來就拜託了』。」

邵可瞠大雙眼，然後默默的遮住眼睛：

「……每次都是我被留了下來……」

那是在戰場上結識的，比邵可稍微年長的少年。卻跟自己完全相反——邵可殺人，他是救人。

到現在還記得他有如陽光般的微笑。

「權瑜大人……他是一個很好的人對不對？」

所謂很好的人，指的就是華真。邵可心想。跟華真比起來，自己是多麼的虛偽。

「『你並不了解自己對不對？』」

訝異的抬起臉，只有一瞬間，權瑜跟他重疊在一起。

「『我早就知道答案了，你大概還不知道。但是我不會告訴你的，在你知道答案之前，不可以到「這邊」來。』這就是他要我轉達的內容。」

邵可撩起頭髮，做了個深呼吸：

「……嗯，我只知道自己是個無情的人。」

即使了解華真的生活方式，邵可也不會有任何改變，他是主動選擇走上那條路的。不管別人怎麼說，邵可自己很清楚，自己有著足以痛下殺手的冷酷黑暗面。

●　●　●　●　●

「櫂瑜大人……魁斗最大的問題就在於，容忍範圍太過廣泛了。」

某一天，鬼姬對著櫂瑜如此說：

「像他那個樣子，會搞不清楚自己是什麼樣的人也是無可厚非的，因為太過廣泛的自己根本無從掌握。」

這時，鬼姬抱怨茶很難喝。

「叫魁斗泡個茶，結果端出這種難喝得要命的東西出來。問他這是什麼，根據他的說明，裡面放了一大堆的中藥，還用一副滿不在乎的語氣說：『茶本來就是苦的，所以裡面放進中藥也喝不出來。一天一杯有助健康，還可以當成三餐喝，是特製的健康茶。』那個孩子在平日一定是個有史以來超級馬虎的少年。換成是在太平盛世，我可以肯定他絕對會待在書庫看自己愛看的書，一輩子都不會察覺到自己隨便亂泡的『健康茶』，是個讓人一喝就會當場不省人事的可怕東西，還四處就泡給別人喝，然後每天帶著一臉傻笑做日光浴。」

她真的很了解邵可。

「自己的事情可以隨隨便便，因為嫌麻煩，所以毫不在意的喝著難喝的茶代替三餐，但卻能為了兩個弟弟而動手殺人。明明凡事都可以做到最好，卻對自己很馬虎。所以，那孩子根本不懂得好好對待自己。」

不會死的，她哭著說道：

「那孩子是最適合成為『黑狼』的人選，原本為了預防萬一，一直在物色後繼人選，結果他的表現超乎想像的優秀。本來是想推給戩華那種看起來腦筋更笨、臉皮更厚、一臉短命相又觸霉頭的人……遲早有一天，每個人都會依賴魁斗。在那孩子對自己稍微有些了解之前，我還是留在他身邊，想辦法驅散一群笨蛋……啊，不對——只要早點殺了『薔薇公主』，之後我一個人應該沒問題——」

……不久之後，她就死了。

那是邵可不需要知道的事情。

因為邵可說了「如果」，如果她還活著……櫂瑜心想。

她是比邵可更了解邵可，又能保護他的罕見女子。如果她能夠在邵可的身邊多待一些時日，邵可或許會有所改變。

繼任成為「黑狼」的少年，順利完成了每項任務。只殺必須被殺之人，藉此安定治世，一步一步的解散「風之狼」。

獨自承受一切黑暗的少年，到現在也一直覺得自己「無情」。

「可是櫂瑜大人……等到哪一天，多出餘裕可以環顧周圍，那孩子一定會發現的。我希望他可以自行察覺，所以請您保密。」

容忍範圍異常廣泛的他，想必身邊一定聚集了許多仰慕他的人吧，人們是不可能永遠被溫柔的謊言所矇騙。

自己是怎麼樣的人呢？

總有一天，等到世間變得能夠悠閒的環顧四周之時，就一定可以明白。

因為身旁的人們會告訴他。

回想著為了國王與國家，從少女時代就不斷弄髒自己雙手的美麗女子，櫂瑜閉上雙眼。

……不知道為什麼，邵可的確是被留了下來，鬼姬、北斗、華真、「薔薇公主」，還有先王陛下——在他之上的「大人」接連將他拋下，就此離開人世。

所以，至少自己再多留一陣子吧。

六

邵可循著氣息，找到了正在昏暗庭院信步蹓躂的國王。

「劉輝殿下……您睡不著嗎？」

國王詫異得抬起臉，一看見邵可，隨即長長的嘆了一口氣……

「……為什麼……邵可你總是比我更了解我呢……」

這句似曾相識的話，讓邵可瞠圓了雙眼。

「……邵可……謝謝你，一直留在王宮……」

臉色欠佳的國王緩緩的輕喃……

「只有想到你就在我的身邊……我才能克制自己……」

國家不只有茶州而已。他抱著幾乎四分五裂的心，每天一如往常的處理政務。即使仍然害怕入睡，他已經不再像過去那樣拉人上床睡覺。他的惡夢並不是只要睡著就可以忘卻的過去，而是必須面對的現實。

「……請快入睡吧，不然對身體不好。」

「……」

「微臣會陪伴在您身邊，直到您入睡為止。」

劉輝似是鬆了一口氣般的點頭。邵可牽著他的手，他也乖乖的跟著。就像小時候一樣，手牽著手，送他回到房間，讓他躺在床上。

「秀麗跟靜蘭都沒事。」

邵可輕聲低喃，於是國王閉上雙眼。

「邵可你……比較辛苦……」

「大家都一樣。」

「邵可……」

「是？」

「下次彈琵琶給我聽好嗎？」

突如其來的要求，讓邵可措手不及。連秀麗也從來不曾聽過，國王怎麼可能知道呢——

「……您、怎麼會知道……」

國王迷迷糊糊的陷入夢鄉⋯

「父王……曾經說過，邵可很會彈琵琶。可是他很頑固又小氣，怎麼要求就是故意裝傻，死也不彈。就連我也要威脅說，臭小鬼！如果要保住你兩個弟弟的性命就給我彈！他才好不容易彈給我聽，在我活著的時候，你大概不會有機會聽見吧，不過，如果你登基為王，哪一天可以要求他彈給你聽……」

「……然後呢？」

「如果那個時代是讓邵可清閒到忍不住想要彈奏琵琶……就代表你是有史以來最賢能的國王。想聽他彈琵琶就好好努力……父王是這麼說的。」

想必國王醒來之後，也不會記得自己說了什麼吧。

……殘暴無情的血腥霸王。

然而包括朝廷三師在內，所有人均拜倒在那壓倒性的魅力之下。

只要有心，隨時都可以好好補救，不至於到最後被稱為血腥霸王，但是……直到最後仍然是殘忍無情。

先王陛下對眾位妾妃態度冷淡，卻很關心每位皇子。對於遭到妾妃們徹底陷害的清苑，一面冷笑表示「太天真了」，但也同時下令邵可，有興趣的話可以收容他。劉輝雖然不記得了，其實先王陛下還曾經代替宋將軍，漫無目的的逛到府庫，指導劉輝練劍，結果把他弄哭。先王陛下也是以這種方式關心其他皇子。

沒錯——無論優秀還是墮落，他只是冷眼旁觀，什麼也不做。或許是希望兒女如同自己的過去一樣，必須憑藉自己的意志與步伐踏上自己的道路也說不定。就像他平日掛在嘴上的口頭禪：不要期待我會幫你，自己想辦法！

……不過，這也只是邵可的假設罷了。明白一切的前代黑狼已死，霄太師也對此絕口不提。

視線從熟睡的劉輝移到自己的手——染滿鮮血的手。

奪走許多人性命的自己與妻子之間的女兒，卻立誓不讓任何人受到傷害而趕往茶州。

「……真是不可思議……」

對於自己選擇的道路從來不覺得後悔。

「我希望有一天，可以看見有人貫徹那所謂華而不實的長篇大論。」

這是一名溫柔女子的心願。

「妳的願望，終於達成了……」

為了拯救一個小小的村落，不惜牽動整個國家，耗費大筆金錢，即使任意行使權力也要前往的女兒一行人。

真希望她可以看見，即使只有一下子也好，目睹那所謂華而不實的長篇大論實現的那一瞬間。

不過，他還是不會彈奏琵琶。

「邵可。」

聽見內心的宿敵——霄太師的聲音，邵可不悅的轉過頭，突然間飛來一個物體。

「『應該不要緊』的替代品，給你。」

反射性的接過物體時，霄太師隨即轉身離開。

正感到納悶之際，看見信件上面的紅色封蠟，頓時大吃一驚。

——茶州疫情、逐漸平息。兩州牧，一同平安返回州府。

看完飛書的內容，邵可閉上雙眼。

緩緩地呼出積壓的氣息。

（……霄太師變得這麼好心，反而覺得很詭異……）到底是吹了什麼風來著？

邵可口中唸唸有詞，同時開始叫醒剛剛才哄睡的國王。

等一下也要告訴珠翠跟黎深，邵可心想。

●●●●●

「你到底是為什麼要離家出走？」

面對北斗不經意的提問，邵可做出意想不到的答覆：

「因為大弟再也不相信童話故事，小弟相信童話故事。」

「童話故事？」

邵可正在幫兩位弟弟挑選禮物，一旁的北斗正在玩木桶玩具。只要拿著玩具短劍刺中其中一個洞孔，裡面就會飛出一顆頭來。雖然比自己年長，北斗卻一邊爆笑出聲，玩得不亦樂乎，怎麼想都覺得選錯了禮品店，看起來太恐怖了。

邵可東張西望想尋找有沒有比較像樣的玩具，突然發現了一個琵琶的展示品，於是伸手拿取。

他經常一邊彈琵琶，同時講述好幾個童話故事給兩個弟弟聽。

童話故事幸福的結局永遠一樣。

【於是，大家幸福快樂的生活在一起。真是太好了。】

……只是不知道從什麼時候開始？黎深不再相信這些童話故事，而玖琅卻努力的想要相信。

「平民真好，可以過著平靜的生活。喂、玖琅！這對兄弟在得到仙人贈送的寶物之後，為了分攤問題大吵一架，還相互殘殺，後來他們的兒女也為了爭奪遺產，最後變得身無分文，孤獨而死。」

「才、才不是這樣的，二哥！他們兄弟和睦的生活在一起。寶物全送給貧窮的村民，大家對他們非常感激。」

「笨蛋！真要這麼做，早就被村民扒得精光，然後遭到殺害吧。」

「我、我絕對不會殺害哥哥你們的，我們會和睦的生活在一起。我才不要什麼寶物，對不對，大哥。」

最後玖琅總是向邵可哭訴，黎深則用力把臉撇向一邊。

當時居心叵測的親戚紛紛接近兄弟三人，或許黎深是基於現實的教訓，玖琅則是切身感受到自己終會被捲進繼承權的紛爭之中。

幸福快樂的童話故事。最早誕生在紅家的邵可，是第一個明白這種東西根本就不存在。

「……可是北斗，就算如此，我還是希望我的弟弟應該要相信童話故事。」

放回櫃子的琵琶展示品發出落寞的聲響。

原本以為幸福是不會憑空降臨的，但是兩個弟弟出生了。

邵可只不過是抽空逗弄一下而已，但不知不覺變成一直跟在他屁股後面的奇妙生物。

……沒想到這個世上真的存在著可以憑空給人幸福的事物，至少也要回報他們一下。

「我希望盡可能保護他們，一個童話故事應該不成問題才對。」

許多事物如果不加以保護，很快就會遭到破壞並消失。然而，如果保護到底，那些事物就會持續保持真實的面目。他心想，如果真有這樣的事就太好了。

「所以我才會離家出走。」

說了許多謊言，也打破了勾過小指的許多約定。現在跟以後，邵可還會繼續說更多的謊話。事到如今，像玖琅已經逐漸不想理會這個從來不遵守諾言的長兄。自己這種不斷傷害兩個弟弟幼小心靈的行為，無論有任何理由也無法加以正當化，所以這大概只是邵可的自我滿足吧。

因此邵可面帶笑容隨口補充道：

「……應該、吧。」

北斗再玩了一次砍頭玩具。

「呼——嗯，這麼說來，現實主義的『你所相信的』童話故事是什麼樣的內容啊？」

……邵可沉默不語。接下來，緩緩的從成排的玩具當中拿起波浪鼓，往北斗的後腦杓敲下去。

波浪鼓發出響亮的咚咚聲音，然後被敲壞了，此外，北斗重新塞進木桶的玩具人頭也飛到大馬路上滾來滾去，路過的小孩見狀當場放聲大哭。

「——臭小子，幹嘛突然打人啊！」

「我不想跟一個靠本能生存的原始動物說話。啊，這裡的修理費就由你付啊。」

邵可冷冷的把臉別向一邊。身後可以聽見店老闆大喊著「看你幹了什麼好事!?」同時緊追北斗的叫聲。

【於是，三兄弟幸福快樂的生活在一起。真是太好了。】

唯一的童話故事。

如果能夠一輩子守住這個童話故事。

向來愛說謊、耍心機、冷酷無情的自己，會有那少之又少的「真實」吧。

「……是啊，北斗。」

買了一大堆的禮物，讓北斗幫忙搬運，然後回家去。

「我是很想相信沒錯。」

可是，什麼事情都瞞不過北斗讓他覺得很不甘心，所以這些話絕對不會說出口。

終

「你終於回來了，邵可……」

姑婆面帶微笑的看著相隔一年返回紅家的邵可，彈起闊別許久的琵琶。

「我正在想，時間應該差不多了，下任紅家宗主就是你，邵可。黎深固然是個聰明的孩子，可惜對於紅家的用心完全比不上你。」

美麗高傲的貴婦人的眼神，突然因陰沉的愉悅而扭曲：

「那個蠻橫的國王……一直以為紅家會乖乖順從。現在正是大好良機，你一定有辦法與那個國王相抗衡。就在今天晚上，由我召集家族。你可以準備向眾人展現你的智慧。只要有你跟百合……」

當玉環看見邵可手上的白刃，立刻停下彈奏琵琶的手：

「……你這是做什麼？邵可。」

「姑婆大人……我『就是因為這個理由』才會回到紅家的。」

邵可的視線落在手上的刀刃：

「我很清楚，您總有一天會對我這麼說。所以，即使您要我守護紅氏一族，我也無法做出任何回答。長久以來，真正守護紅家的是您。但是，如果聽從您的話，紅氏一族將會徹底毀滅……」

說完便嘆了一口氣。年僅十歲左右的孩子，早熟的表情看起來有如大人一般。

「您知道陛下為什麼一直放任紅家到現在？就是為了將像您這樣的人全部逼出來，製造足夠的理由削弱紅家的勢力……陛下就是因為這樣才什麼也不做，一直靜待時機。」

玉環瞠大雙眼。

「……也因此，我才會離家出走。前去晉見國王陛下，做出不讓紅家遭到摧毀的選擇。我就是為了這個理由才會回來。」

玉環的手細細打顫。

「我從來沒想過要保護紅家，我想保護的是更單純的事物……可是，您的存在將是一種威脅。」

「——你這個蠢材！居然把最重視的事物獻給了戩華！」

「是的。您是贏不了陛下的，姑婆大人……您是對的，我確實是最具紅氏一族資質的人，甚至割捨親情也在所不惜。」

我很喜歡您的琵琶——邵可平靜的表示，然後拿起手邊的水壺往茶杯倒水。並且將粉末溶入茶水當中。

「……讓您活到明天，陛下大概會對紅家採取攻勢，紅家肯定會被徹底的擊潰，之後五十年的時間再也無法東山再起。也因此，請您喝下這個。」

您輸了，姑婆大人──邵可清楚的告知。

見少年若無其事的遞出盛毒的茶杯，玉環最後笑出聲來：

「……看來我是看走眼了。早在你表示對權力絲毫不感興趣的時候，我就應該察覺到才對──邵可。」

「是。」

玉環抓住茶杯：

「在我死後，紅家會變得如何？是我的侄兒──也就是你們的父親會繼任成為宗主嗎？」

「至少不用擔心像您具備太過出色的器量、才華與野心，以致於被陛下盯上。紅家會配合時代慢慢改革，並且保持與藍家齊名的首席名門地位。獲得多得數不清的驕傲、榮譽與尊崇，對於國家政務也能產生莫大的影響力……我向您保證，在我活著的時候，紅家絕對不會沒落。」

「──很好。」

玉環面露燦爛的笑容，一口氣飲盡攙毒的茶水。

少女時代在絢爛的後宮學會了權謀術數，享盡寵愛與榮華富貴的美麗琵琶公主。聰明過人、氣質高貴、充滿智慧、深愛紅家又知進退。

邵可確實很喜歡她。

玉環指著琵琶：

「彈給我聽吧，邵可。至少以此為我送終。」

邵可順從的拿起琵琶，才彈出聲響就隨即——大吃一驚。

「音樂是不會騙人的……邵可，這就是你的琴音。跟我一模一樣，殺人之際才彈奏得出來的優美琴音，這正是紅家祕傳的死亡琵琶……」

在玉環完全氣絕之後，邵可仍然繼續彈奏琵琶。眾人以為當天晚上在別院彈奏琵琶的是玉環。

從此之後，邵可封住了琵琶。

……彈奏殺人的琵琶，一定會惹人厭惡。

●　●　●　●　●

黎深有個小小的祕密。

「黎二哥……」

「笨蛋，小聲點！」

黎深一面倚靠著屏風聆聽琵琶，同時把玖琅抱在兩膝之間，不讓他隨便亂爬到邵可身邊。

玖琅不滿的鼓起雙頰：

「為什麼邵大哥不先來找我們呢？姑婆已經是大人了，應該不用聽搖籃曲吧。」

動也不動的姑婆確實是安眠了，進入了再也不會醒來的永眠之中。

「玖琅，很好聽對不對？」

「是啊，好好聽哦……可是，聽起來好像在哭一樣。」

「大哥是不會哭的，如果聽起來像在哭，那一定是我跟你害大哥哭的。」

獨自背負了一切，拯救了一族。這群愚蠢的族人完全不知道自己明天還能夠好端端活著，全是來自被他們譏笑是傻子的大哥的努力。

「我要是不乖，大哥會哭嗎？」

「因為我們太弱小了。在你高高興興的做著晴天娃娃的時候，大哥正在高山的另一頭，跟殘忍又可怕的妖怪打鬥。」

黎深隨口說著事實上雖然沒有錯卻形容得有點誇張的事情。於是玖琅瞪圓了雙眼：

「所以大哥才沒有遵守約定嗎？」

「沒錯，因為我跟你都太弱小了，大哥才沒辦法遵守約定。以後可以一邊做晴天娃娃，一邊使自己變強，讓大哥可以永遠留在這個家。」

優美得令人害怕的死亡琵琶。大哥一心一意的彈奏著琵琶，甚至沒有察覺到他們的存在。他的內心究竟在想些什麼呢？

「……記清楚了，玖琅。那個琴聲是為了我跟你所彈奏的。就是我跟你讓大哥彈奏出這樣的琴音的。」

大哥不會哭泣。大哥說了許多謊言，從來不遵守約定，而且從來不講真話。無論是現在還是以後，永遠都是如此。

「……玖琅，你喜歡大哥嗎？」

「喜歡，很喜歡。」

「那麼，除了那個琵琶以外，把今天的事情全部忘掉。我懶得說明，所以不要問我為什麼。如果到明天還沒忘掉，就代表你討厭大哥，大哥就由我一個人獨占。」

真是沒頭沒腦的理論，但玖琅信以為真，認真的點頭。

……直到黎明，琵琶聲中斷為止，兩人一直待在屏風後面聆聽。

翌日，在眾人因玉環猝死而引發一陣騷動之際，邵可一副現在才剛回來一般，雙手捧著滿滿的禮物突然現身。

「歡迎回家，大哥。」

生性認真的玖琅，到了第二天早上就真的把前一天的事情忘得一乾二淨。看來「代表你討厭大哥」的說法奏效了。

（嘖……這下暫時不能獨占了……）

「我回來了，黎深、玖琅，抱歉我又失約了。」

大哥溫和的微笑依然沒變。

是的——無論發生什麼事情，內心暗藏了什麼祕密，大哥總是擺出一臉如同喝水般無動於衷的表情，藉此隱瞞一切。

目的在於保護那原有的生活。

所以才會強迫玖琅忘記這一切。因為大哥想要保護的，就是跟他離家的時候一樣，毫不知情的做著晴天娃娃，天真的等待大哥回來的弟弟。

因此，自己才會記住這一切。大哥為了保護他們，究竟做了什麼？又犧牲了什麼？想要保持「從未改變的」笑容是多麼困難的事情。

……大哥說了這麼多的謊言，究竟是為了誰？

所以，無論說再多的謊言，黎深也絕對不會討厭大哥。

因此，如果只有一個，童話故事應該會成真吧，現在的黎深如此認為。

囍
妳是無所不能的

黎深第一次見到百合是在兩人年紀尚小的時候，與其說相遇，應該說是黎深不知從哪裡得知百合這個人的存在，於是主動跑去見她比較正確。

當時，百合在被視為禁區的森林深處，位於一道小瀑布不遠處的一株李樹下，在宛如白雪般的純白花瓣紛紛飄落中，獨自一人彈奏著琵琶。

「……妳就是百合嗎？」

黎深迄今仍然清楚記得，當時百合抬起臉時的表情。

第一次見到人的表情會僵硬成那樣，僵硬的程度甚至會讓人覺得，沒有當場大叫出來反而很奇怪。那張表情似乎是相當訝異怎麼會有別人。

不等百合回答，黎深就放聲大喊：

「妳聽好了，我絕對不承認妳是大哥的未婚妻!!」

百合僅僅沉默了一會兒。隨即聳聳纖細的肩膀，一臉不悅的嘆了一口氣：

「……這不是『我』可以決定的，況且你以後見到『百合』的機會應該不多。」

接下來，百合完全不理會黎深，迅速返回府邸。

——然後很快的，黎深終於明白百合這番話的含意。

姑婆紅玉環為黎深帶來一名「少年」。

「從今以後，他就留在你身旁服侍你。他的名字叫讓葉，就當成輔佐你的隨從好好使喚吧。」

黎深一頭霧水。雖然一身男裝，氣質也好似另一個人般，但從那張在看見黎深之後露出的不悅表情，確實就是在李樹下遇見的「少女」沒錯。

「讓葉？不是百合嗎？」

姑婆發出銀鈴般的笑聲。曾經在陛下的後宮享盡榮華富貴的她，依然美麗如昔。

「黎深，你這孩子真是不乖，居然有辦法發現這孩子。不過呢，『百合是屬於邵可的』。服侍你的是一名叫做讓葉的『少年』。不用擔心，很快就會習慣的。雖然為了日後著想，百合必須學習許多事情，但現在打扮成少年反而比較方便。」

「全是為了紅家才會栽培這孩子，記得好好珍惜啊。」姑婆笑道。

經過玉環訓練的百合，在變裝上做得相當徹底，細微的舉止跟表情不用說，就連說話的語調也刻意區分開來，族人完全沒有察覺到「讓葉」跟「百合」這對兄妹是同一個人。而且，甚至跟黎深單獨相處的時候，她再也沒有恢復到當時那位少女——「百合」的身分。

黎深的確是從遇到「讓葉」那一天起，就再也不曾看見「百合」。

序

……「我」自從一出生就擁有兩個名字。

我所記得最早的記憶就是，玉環大人說過的話。

「我為妳取了兩個名字。

身為男孩的名字是『讓葉』。

身為女孩的名字是『百合』。

將來，身為女孩的百合會嫁給長子邵可，在這之前，身為男孩的讓葉就服侍次子黎深。」

從那個時候開始，我是百合，也是讓葉。

「妳是屬於紅家的，只能為紅家生，為紅家死。」

那是玉環大人的口頭禪。

當玉環大人猝死之後，我依然沒有改變。不能改變。沒有其他的容身之處，也沒有其他地方可去，唯一留下的，只有玉環大人的琵琶琴音與她說過的話。

所以，我一直留在紅家。就這樣待在黎深的身邊，以「讓葉」的身分在紅本家度過一段非常漫長的時間。努力扶養年幼玖琅的幾乎都是我。

……以我來看，紅黎深這個人相當好懂。

從出生到現在，喜歡的東西只有一個。

為了全天下獨一無二的大哥。

雖說從小就在一旁看著紅黎深，但從來沒看過這麼好懂的人。內心的想法一看便知，一舉一動也很好笑。

（真的是笨蛋一個。）

每次看著黎深，我就感觸良多。忍不住想露出苦笑，這個人真是太幸福了。

然而不可思議的是，大多數的人都說「不知道他在想些什麼」。也因為如此，當邵可大少爺不在的期間，每次都是由我負責收爛攤子。

就連他們的父親紅家宗主去世的時候也不例外。

——

家僕一個個臉色蒼白的緊追著玖琅。

「玖琅三少爺!!請您停下來!」

「囉唆!還不讓開!我有事情要找黎二哥當面問清楚!不然事情會一發不可收拾!!」

每個家僕都哭喪著一張臉。一旦玖琅去見了黎深,反而是火上加油,事情會愈趨惡化。然而前任宗主已故,紅邵可也被玖琅逐出家門,現在能夠給予玖琅意見的人——

「好了,玖琅,你冷靜點,給我停下來。」

看見擋在走廊前方去路的年輕人,眾家僕鬆了一口氣之餘,差點沒有癱坐在地上。這兩年來大多在紅州四處奔波,負責掌管紅家全部事業,因而長時間不在——原來已經回來了!連玖琅也會聽從他,又是少數能夠對黎深直言不諱的人。

玖琅的眉心刻出皺摺:

「讓葉!你這陣子是上哪兒——」

「還不快停下來。真是的,你們三個兄弟到底還想給人添多少麻煩啊?」

玖琅不情願的停下腳步。笨蛋大哥幾乎很少回家,二哥又是恣意妄為。真正扶養玖琅長大的可以說就是讓葉,因此玖琅對讓葉完全沒輒。

「玖琅,你太胡來了。是不是認為如果不趕快讓黎深繼任紅家宗主,他就會離家出走?」

在得知玖琅趁黎深前往參加朝賀而不在紅州的這段期間,將邵可逐出家門,並且在家族會議上決定由黎深繼任紅家宗主的時候,人在遠方的讓葉也不禁大吃一驚:「真的做了——」黎深自然不可能不動怒。然而讓葉也明白玖琅的心情，所以並沒有責怪他。

讓葉輕戳垂下臉的玖琅額頭：

「好了玖琅，快打起精神來，我來想辦法吧。首先，我已經派人去把在這一團混亂的狀態中，拋下你跟黎深，帶著全家人不曉得跑到哪裡去的邵可大少爺找回來了。」

「讓葉！你太多管——」

「我懶得聽你囉唆，你負責收拾這個局面。黎深拿去亂蓋的紅家宗主印信，是我在很早以前偷偷換過的贗品。所以，黎深下達的那些亂七八糟的命令均可視為無效的白紙，全部收回。真正不妙的地方是，雖然我已經針對這方面做出因應對策，但也是有限度的，接下來就交給你了，玖琅。」

解除緊張感的玖琅，終於露出讓葉所熟悉的十幾歲少年的表情，並且點頭。

讓葉朝著黎深所在的別院走去的同時，突然以手扶住下巴。

（對了，上次見到黎深是多久以前的事情了？）

長年以來，讓葉一直充當「黎深心理輔導窗口」這個角色，諮詢者晝夜不分，接連不斷向他哭訴。邵可回家對他而言，自然是件好事，這樣就可以拿「有事請找邵可大少爺商量」這個理由推卸……不，轉移全部責任。所以，讓葉不但尚未跟邵可大少爺見面，也沒有見過他的夫人跟女兒。這就表示有將近兩年的時間沒有見到黎深了。這段期間，曾經有一次接到黎深一封「我的頭髮長長了。你在哪裡？做什麼啊？」內容莫名其妙的來信，於是他也回信反諷「我在紅州四處奔波，幫忙玖琅處理工作，誰叫你完全不管事。」

（現在仔細想起來，黎深會寫信還真是稀奇。）

看來一定是閒到發慌吧。

走進房內的瞬間，讓葉打了一個寒戰，可以感受到一股咄咄逼人的怒氣。不妙，黎深已經氣到一發不可收拾，無法輕易平息下來。

間隔兩年才見面的黎深，一股像是烈火般的怒氣，一看見讓葉就嗤之以鼻：

「……讓葉，你來得正好，趕快把真正的宗主印信交出來。」

讓葉聽了也不禁屏住氣息，的確讓人不寒而慄。

「還不快交出來，難不成連你也希望我繼任紅家宗主？我要趁這個機會把整個紅家徹底搞垮。膽敢妨礙我，就連你我也不放過。不對，應該說最好你也來幫忙!!」

「你在胡說八道些什麼啊！」

讓葉用力抓撓著瀏海，然後正眼面對黎深。這次還是不要耍什麼小動作吧。

「我不會交給你的，因為你又不是紅家宗主，不能把印信交給不是宗主的人。想要的話，就是那句話，從我的屍體上跨過去！」

「你是在鬧什麼彆扭啊？」

「那是你吧！黎深，認真一點。如果你把宗主的位子硬塞給玖琅，我就會正式離開你，前去輔佐玖琅，不能讓玖琅一個人承擔全部的責任，如果沒有人願意幫忙，那我就會伸出援手。所以，你跟邵可大少爺可以愛去哪裡就去哪裡。」

「你是在生什麼氣啊？」

讓葉啞口無言，還問為什麼？這一個月來，黎深一連串的報復行動導致紅氏一族已經瀕臨瓦解狀態，其影響甚至殃及無辜的平民百姓與整個紅州，害得讓葉跟玖琅一直忙於收拾善後。

「……我說黎深，說真的我根——本不覺得你適合擔任紅家宗主。沒辦法觀賞你爆笑的特立獨行固然可惜，但是我也不打算拜託你擔任紅家宗主。因為就算你當上紅家宗主，玖琅的責任不會有所減輕，事情也不會有所改變。不過，我也絲毫無意實現一直代替兩個為所欲為的兄長，獨自努力到現在玖琅的心願。然而黎深，如果你現在把事情全部推給玖琅，拒絕擔任紅家宗主……我會一輩子瞧不起你。」

真是白費唇舌，讓葉在內心嘆了一口氣。

無論讓葉說了什麼，黎深也不會放在心上。天底下能夠對黎深產生影響力的，只有邵可一人而已，讓葉瞧得起或瞧不起黎深，對黎深而言一點意義也沒有。

黎深不悅的皺起眉頭，經過片刻的沉默之後，「啪啦」一聲打開摺扇。這是當他在意一件事情的動作，他在意些什麼呢？總之，先把該說的全部說出來好了。

「我來就是想說這些。我不認為我有辦法阻止你。再過不久你最喜歡的邵可大少爺就要回來了，至少在那之前做事低調一點。」

接下來，過了半個月之後的夜晚——讓葉在闊別許久的李樹下彈奏琵琶。琵琶彷彿是身體的一部分，服服貼貼的收納在手心。單單如此就足以使讓葉的內心放鬆，小瀑布的水聲聽來悅耳。雖然喜歡彈奏琵琶，但讓葉還是最喜歡在這個地方彈奏。

（……如果黎深當上宗主，我要怎麼辦呢？）

讓葉這陣子一直在思索這個問題。回想起來，他的確按照玉環所說，為了紅家而活，不過玉環跟前任宗主都已經去世了，或許是到了分岐點。

（玖琅就算了，如果黎深當上宗主，大概也就不需要「讓葉」了。）

黎深的輔佐應該是玖琅吧，如果不是宗主而是輔佐，玖琅一個人就可以勝任愉快。「百合」的話，就更沒有一個人會需要。俯望著宛如一隻蹲踞在黑暗中的老虎，寬廣的紅家府邸，讓葉突然覺得整個世界只剩下自己孤伶伶一人。

就在這個時候，黎深冷不防從深夜的黑暗中跑出來。

「喂，讓葉！」

「唔哇啊！黎、黎深是你啊，嚇我一跳，你怎麼老是像個鬼魂一樣突然冒出來。」

「什麼鬼魂！趕快把宗主印信給我啦。」

讓葉仔細的凝視黎深，過了片刻，終於破顏一笑：

「你答應了，不愧是邵可大少爺，終於說服你了。」

讓葉摸索著懷中的印信，然後交給黎深：

「……我真的很高興。這下子玖琅一定也很開心，謝謝你，黎深。」

然而，黎深不知為何鬧起脾氣。接過宗主印信之後，並沒有立刻離開。

「每個人都是玖琅、玖琅的——」

「那是當然啦，玖琅直率、認真、善體人意又可愛，你則是任性、自大、老是給人添麻煩又不可愛，這也沒有辦法吧……不過，我很清楚你付出的代價……這下子對你完全刮目相看了。原本以為，就算是邵可大少爺的勸說，你會答應的可能性只有一半而已。」

黎深絕對不會為了敷衍了事而隨口撒謊，更何況是與邵可的約定，他絕對不會有所違反。所以，黎深這輩子永遠也擺脫不了紅家的枷鎖了。

即使黎深成為宗主之後什麼事也不做，「紅家宗主」的桎梏仍然相當沉重。必須負起紅氏九族以及紅家門下貴族，還有紅州最終的所有責任，這個枷鎖的沉重程度是玖琅所無法比擬的。

「……我說過『因為玖琅太可憐了，所以由你擔任』……我也明白你討厭紅家，卻仍然選擇一輩子擔任你最討厭的紅家宗主。偏偏你又是個最不懂得忍耐的人……所以，真的對你刮目相看。」

黎深瞄了讓葉一眼，然後別開臉。

讓葉略顯躊躇的詢問道：

「……那麼，邵可大少爺已經離開了嗎？」

「是啊。」

「是嗎……」讓葉放鬆的呼出一口氣……他不太想跟邵可碰面。

「我頭髮長長了。」

黎深突然大言不慚的如此說道。讓葉吃了一驚：

「豈只是長長了，根本就是長得太長了。怎麼不剪掉呢？來，坐下吧。」

讓葉從懷中找出梳子跟剃刀。從以前，幫黎深剪頭髮就一直是讓葉的工作。

他繞到黎深的背部，解開綁成一束的頭髮，烏黑的直髮隨即落入讓葉的掌心。唯獨這頭長髮是個性截然不同的三兄弟唯一的共通點，也是紅家的特徵。據說他們兄弟的姑婆紅玉環年輕時，是個有著一頭烏黑柔亮秀髮的大美女。

讓葉也蓄了及腰的長髮，卻是自然捲。所以他很羨慕黎深的髮質。

「唔哇……真的好長哦。又不是雜草，連髮尾也不修一下。啊——有分岔！」

「吵死了，安靜剪啦。」

「是、是。已經過了兩年，你卻還是個任性的少爺啊。」

將手巾泡在瀑布的水中，沾濕黎深的黑髮並且不斷的梳理。黎深雖然乖乖的坐著，經過片刻，就把讓葉剛才彈奏的琵琶拿過來。

令人訝異的是，黎深開始隨手彈起琵琶。

在淡淡的月光之下，讓葉一邊梳著頭髮一邊輕輕閉上眼，聆聽黎深的琵琶。

冰冷、自大、蠻橫，卻是無可挑剔的完美。黎深的琵琶傲慢到不容合奏的餘地，而是由一人獨自完成的世界。因此，黎深所愛的不是自己，除了渴望的事物以外，什麼都不要的徹底傲慢，以及有如不斷等待的孩子般殷切的心願，因而與世界產生隔絕。即使孤獨、黑暗、寂寞，也絕對不會隨便利用身邊的事物加以填補。清澈至極的冰冷利己——貫徹到底的坦然直率。建立起缺一不可，岌岌可危的均衡。那是全天下只有黎深才彈奏得出來的琴音。

闊別許久再次聽到黎深的琵琶，讓葉的表情轉為和緩：

「……啊啊，真的進步好多哦，黎深。我只喜歡聽你的琵琶。」

如果不曾聽過邵可的琵琶，想必會評為當代第一。碧家跟藍家絕對找不到如此的琵琶樂手。琵琶從以前就是紅家的獨門技藝——黎深的琵琶甚至足以跟玉環媲美。

不知為何，琵琶突然中斷。明明是誇獎，黎深卻感到不悅。

「讓葉。」

「怎麼了？你在氣什麼啊？」

「吵死了，我要參加國試，可能明年就會前往王都。」

讓葉一時愣怔：

「……明年前往王都，是參加會試嗎？今年的國試早就開始了。」

「想辦法從幕後插手。」

「這當然是沒問題啦，不過，呃，你是想入朝為官嗎？你嗎？當官？確定？」

這個天上天下唯我獨尊的黎深？居然要乖乖的參加國試，考上進士，在重視階級制度的官宦社會中當個菜鳥，從基層做起？讓葉打了個寒戰，完全無法想像。

「參加國試幹嘛！算了啦!!想待在邵可大少爺身邊，應該還可以找到其他更多的理由吧——」

「這是大哥說的。想來就要參加國試，除此之外一概不承認。」

「……邵可大少爺說的？哦……」

黎深對大哥以外的「其他人」一不感興趣，頂多只當成路旁的雜草而已。讓葉就是明白這一點，所以不會深入追究黎深的事情，因為覺得起不了作用，才會半帶趣味半帶訝異的看著黎深，並幫忙收拾爛攤子，但從來沒想過要改變黎深。

（……可是，邵可大少爺還沒有放棄。）

黎深不得不前往必須跟「他人」接觸的場所。

讓葉閉上雙眼。邵可真的很狡猾，一意孤行，什麼事也不說。如果能夠把邵可當成跟黎深一樣，不管他人死活的話……當然也可以去討厭邵可。

「百合公主……黎深跟玖琅還有——紅家就拜託妳了。有妳在，我就可以放心的離開。」

……邵可的溫柔有時候是很殘酷的，所以讓葉喜歡黎深勝過邵可。

比起邵可冰冷殘酷又溫柔的琵琶，他比較喜歡黎深不帶一絲溫柔的琴音。

「是、是，知道啦。那麼，幕後的工作也會同時進行，但希望你不要給別人添麻煩。雖然肯定會添麻煩……真有點擔心——」

「你在說什麼啊，你也要一起來。」

「啊？去哪裡？」

「當然是王都。明年參加會試的時候，你也要一起來，必須有個人負責照顧我的生活起居。」

讓葉停下手。目不轉睛的近距離俯望黎深的眼眸。

讓葉從來不曾離開紅州——唯獨這一點是不被允許的。

「帶我去貴陽？可是那個……『帶我出門會很麻煩的』，你應該知道吧？」

到目前為止，玉環跟前任宗主一直不允許的事情，黎深卻簡單明瞭的直接說出口。

「胡說什麼啊？你一個人又不會造成什麼麻煩。」

驀地，讓葉內心萌生了小小的希望。原本一直思索著今後要怎麼辦才好，感覺這個答案現在就直接掉在眼前一般……讓葉內心一直藏有一個願望。

——王都。如果黎深願意帶他前往王都的話。

他想去找一個人。

但是見了那個人之後，恐怕再也無法回到紅家了吧。不過，「讓葉」跟「百合」在紅家的任務已經結束了，所以這或許也是命運吧。

（那就在明年之前找人來接替工作，然後……哎呀——還要找人服侍黎深耶。）

反正自己都做得來了，明年以前應該有辦法找得到人吧。

剪完頭髮之後，細心的以山茶油梳理黎深的頭髮，讓頭髮變得更有光澤。仔細想起來，黎深只有在剪頭髮的時候才比較順從。全部梳理完畢之後，俯下身子笑道：

「我知道了，那我就跟你一起去……謝謝你，黎深。」

「要道謝不能只是口頭說說，先把東西還來。」

「唔哇——簡直就是地方惡霸的台詞嘛！我家少爺的這副德性實在是慘不忍睹。那麼，就用一曲琵琶道謝好了。」

黎深吃了一驚。即使是黎深命令，讓葉也幾乎很少彈琵琶給他聽。

讓葉拿起服貼在手中的琵琶，今晚就為黎深彈奏一曲。

想必讓葉「無法看見考上進士後的黎深」。

到明年的會試為止，把該做的事情處理完畢，黎深一旦通過國試，就要離開這裡。

……他從來不認為黎深會有所改變。然而，正如同讓葉前往王都「會見命運」一般，或許黎深的命運也在王都等待著。

或許黎深會遇見一個不會逃避，願意認真面對他、了解他、接納他、改變他的某個人，讓他一直緊緊封閉的內心世界，能有開啟的一天。

讓葉覺得比較可惜的是，無法親眼看見這一天。

「……黎深，我只有一個忠告，你要追隨邵可大少爺也沒關係，但是你如果會稍微在意其他的事物，那就千萬不要錯過，一定要牢牢抓住，不要放開，因為那一定是你此生不可或缺的事物。」

當有人輕敲他孤獨世界的心門之際，讓他不要錯失這個聲音。

黎深驀地看向讓葉。拒人於千里之外的冷漠雙眸，即使在面對讓葉的時候也不例外。

讓葉一直看著黎深的孤獨，以及身邊圍繞著一群完全不想理解黎深的大人的生活。疼愛、了解並保護黎深的只有邵可而已，因此黎深的世界只有邵可一人。

正因為如此，讓葉為黎深祈禱。在這連寂寞這種情感都不知曉，除了一個心願之外，認為其他事物均毫無價值可言的，傲慢少年的世界，總有一天，一定有人能夠強行開啟，擅自闖入，把你拉出來，讓你可以看見大千世界的門扉——

「黎深，你一定要成為一個好男人。你是邵可大少爺的弟弟，具有這個資質……我猜。」

接下來，讓葉開始彈起琵琶。

二

新的一年來臨——讓葉跟著黎深前往貴陽參加會試。

「……真——是不敢相信。」

讓葉在搖晃的馬車當中，心情非常不悅。並不是針對黎深過著為所欲為的生活，卻還能高中州試榜首這件事情。

「你把我挑選來服侍你的人全部開除，這是什麼意思！」

「呼嗯，還不是因為每一個我都看不順眼。」

「你開什麼玩笑！她們可都是經過我精挑細選的耶。費了九牛二虎之力，好不容易找到有辦法忍受你那種天上天下唯我獨尊的個性，堪稱國寶級，價值連城的貴重人材——這下我沒點子了——不對，是沒法子了啦!!」

別說訓練了，當讓葉才剛把選中的人帶回家，馬上就被黎深開除了。

雖然不曉得黎深說了什麼，但每個人都是哭著離開的，看得連讓葉也想哭了。

除了讓葉以外，黎深會立刻變臉，連累周圍的人慘遭池魚之殃，所以只好還是由讓葉繼續負責他全部的生活起居。就是因為同情周圍的人，所以無法一走了之。

「你有什麼不滿就講出來呀！他們每個人明明就比我優秀那麼多！」

「吵死了。我才要問你，幹嘛現在一直在應徵新人啊？」

「唔……」

讓葉一時語塞。總不能說是為了自己要離開所做的事前準備吧。

「……呃，哈、哈、哈！你已經成了紅家宗主，而且又在貴陽展開全新的生活，所以我想多找些人手。」

「不需要。」

「不行啦！多找些人來啦——！不然，你這兩年要怎麼活下來！」

讓葉不在的兩年，從來沒有人因為黎深的關係跑來哭訴或被迫離開。然而，當讓葉一回來，只要稍微把照顧的工作交給別人，他就會生氣。

「我知道了。因為邵可大少爺一家人在的關係，所以其他事情你就不想管了對吧！」

「那當然，而且你是最好用的。」

「氣死我了，怎麼會有這麼任性的傢伙啊！都是因為你什麼事也不做，害得我從安排旅程到搬家工作都必須一個人包辦，這幾個月來忙得不可開交——哈啾！」

讓葉全身一顫，同時打了個噴嚏。現在是處在新年剛過的寒冬季節。之前聽說紫州的冬天比紅州來得寒冷，沒想到是超乎預料之上。

（唔——這些天只覺得很容易累，看來是得了風寒了……）

為了繁重的工作量而忙得昏天暗地的日子告一段落之後，緊張感也跟著中斷。或許疲勞因此一口氣湧現也說不定，一旦察覺到這一點，就覺得好像也有點發燒，這就是所謂的病由心生。

這時，黎深扔了一個東西過來，讓葉接過來一看，沉默了片刻。

「……你沒事丟把扇子給我幹嘛？想表現你有多好心就應該扔個暖爐或大衣給我才對吧。還是說，你是故意用夏爐冬扇這種比喻，拐彎抹角的諷刺我一點用處也沒有？」

「你知道就好。你拿著那把扇子，先一步抵達貴陽，把府邸打理得舒適一點，然後在那裡準備盛大歡迎我。不要把風寒傳染給我。」

「唔哇——！真的是差勁到了極點！怎麼會有你這種人啊！」

說歸說，讓葉也很想看看貴陽府邸長什麼樣子，所以決定先行一步前往貴陽。傭人的習慣與個性，他也想要親眼確認。順便在黎深抵達以前好好養病，把風寒治癒，他也不想傳染給準備參加考試的黎深。要不然，肯定會變成直到後代子孫都會被拿來嘲笑揶揄的話柄。

心想著要改坐後方的馬車，不自覺的站起身之際，眼前的世界突然扭曲。

（咦？哎呀哎呀？）

雙腿癱軟，雙膝跪地。腦子籠上一層白霧，頭暈目眩，視線不停閃爍。最後看見的是黎深詫異的表情——然後讓葉的眼前陷入一片黑暗。

逐漸模糊的意識之中，只殘留被黎深抱住的微弱觸感。

……隱約聽見一陣非常、非常溫柔的琵琶聲。

（是邵可大少爺的琵琶……）

盛開的李樹下，如雪一般的純白花瓣紛紛飄落而下。

自從第一次遇見那個人的那一刻起，那個地方對她而言，是一個特別的場所。

「……妳是百合小姐嗎？」

百合蜷縮起小小的身子不停哭泣，一名比她年長的少年出現在她面前。

邵可跪在百合面前，擦拭她的淚水，輕輕的抱住她。

「不要哭……」

然後彈奏琵琶安慰她。

將琵琶送給百合，並且教會她彈奏琵琶的，是邵可。

「再等一下。總有一天，我一定會讓妳得到自由的。」

總有一天，一定會把妳放出紅家的鳥籠……

……然後玉環大人去世了，邵可再也不彈琵琶了。

留在百合手中的，是邵可贈送的琵琶，記憶中的琴音，還有取消婚約的一席話。

百合哭了。

（太過分了……）

她不要他這麼做。她不要那種自由。

（我討厭你……）

百合從來不曾聽過這種非常、非常溫柔，卻又極其殘酷的琵琶琴音。

百合哭著醒來。陌生的昏暗天花板在淚水之中模糊扭曲。

聽得見琵琶聲。不過，這種極端冷漠的琴音並不屬於邵可大少爺。

把臉轉向一旁，眼中最後的淚水滑落，只見黎深坐在對面彈著琵琶。

察覺她醒來的黎深，停下彈奏琵琶的手，一語不發的繃著臉，並且一手托腮：

「妳醒了嗎？現在腦袋清醒了吧。」

「黎深？這裡是哪裡？」

「貴陽的紅邸，我現在要去睡了。」

黎深擺出鬧彆扭的表情，很快的把臉別開走了出去。

百合納悶的坐起身來，這才發現全身無力，感覺相當沉重。不，根本就是太重了。就像子哭爺妖怪坐在身上一樣，視線移到下方，不是子哭爺妖怪，而是一個小孩趴在百合的肚子上睡著了。手上緊緊握著藥包的紙。

百合仔細的打量小孩……是一個陌生的少年。

試著搖了一下，小孩揉著眼睛坐起身，一看見百合表情立刻一亮：

「啊，大姊姊妳終於醒來了。妳一直發高燒，躺在床上已經好幾天了。」

「……你應該不是……大夫吧？」

由於過去扶養玖琅的經驗，遇到這個年紀的小孩就會忍不住變成「百合」。

「不是的。是有人叫我照顧妳……」

「誰？」

少年似是臨時想起什麼似的，慌慌張張的環顧四周，確定這裡只有他們兩人之後，隨即鬆了一口氣。

接下來，宛如緊張的神經線斷裂一般，大大的眼睛很快的填滿了淚水。百合吃了一驚：

「你、你怎麼了？」

「沒什麼……我也不太清楚……那個時候還不曉得發生了什麼事情，就被剛才一直在這裡彈琵琶的那個人抓走，然後扔進馬車，還命令我照顧妳，說膽敢逃跑就要把我丟去餵狸貓，詛咒我一輩子之類的……」

百合由衷的希望自己完全沒聽到這件事。黎深……做、做了什麼？

（呃、怎麼回事？在我昏倒以後，黎深隨便抓了這孩子，塞進馬車強行帶來這裡？到底是怎麼搞的——！這根本就是綁架小孩嘛!!）

少年抽抽噎噎的擦著眼淚。仔細一看，還是個五官端正的美少年。

「被帶來這座府邸以後，還幫我穿上這麼漂亮的衣服……我實在不知道該怎麼辦才好……而且這個房子真的好大，就算想上個茅房，都不知道應該怎麼走……其他人都很親切……三餐也吃得很好，我也不想被丟去餵狸貓……」

愈說愈混亂的樣子。小孩一臉認真的握住百合的手：

「請跟我一起逃走吧！那個人一定是人口販子，一定會把我跟大姊姊賤價賣到某個地方。大姊姊那麼漂亮，等妳恢復健康以後，一定會慘遭玷汙的！」

百合差點就笑出聲來。

（把紅黎深當成人口販子……還提到玷汙……看來這孩子以後滿有前途的……）

「現在不是說笑的時候！那個人一定對大姊姊做了什麼壞事對不對？妳說夢話的時候，一直在說『討厭』那個人……」

「咦?夢話?」

「是啊，妳一直在作惡夢。對著那個人口販子說『我最討厭你』、『彈琵琶給我聽』、『不然我就不睡覺』、『太過分了』、『真差勁』、『大笨蛋』之類的，又哭又罵的。然後，那個人口販子就擺出一臉無可奈何的表情，不斷彈琵琶讓大姊姊入睡……」

咦?這麼說來，搞不好他其實是個好人?少年側著頭。

百合聽得面紅耳赤。天啊，她把對邵可大少爺的不滿全部遷怒到黎深身上去了。

(唔哇——!難怪會那麼不高興。不過，想不到黎深會為我彈琵琶。)

還以為他會說:「關我什麼事!」然後轉頭一走了之。

百合再次注視眼前的少年:

「對了，你叫什麼名字?」

「呃……我叫，光。」

「我是百合。」

在這個已經暴露女子身分的狀況之下，總不能自稱是讓葉吧。

百合雙手併攏，對著光深深的行禮:

「我家主人對你有所冒犯，做出十分不宜的舉止，真是非常抱歉。」

「什麼——!?難道，大姊姊是那個壞蛋的夫人嗎!?」

百合一時愣怔。接下來猛然笑出聲來，拍打著枕頭捧腹大笑：

「夫人!?夫、夫、夫人？噗咯咯咯肚子好痛，這實在太好笑了！太誇張了！真要發生這種事情，那這輩子也就完了！啊哈哈哈哈！」

看著百合拚命笑到打滾，光想起了那個「可怕的人口販子」。

（可是那個人……）

確實是面露不悅的把臉轉向一邊，但在馬車上，不但讓大姊姊躺在他的大腿，還一直彈奏琵琶。得知他們是朋友之後，看起來會覺得他似乎很擔心的樣子。

（……可是，大姊姊說「討厭」他……啊、該不會是那個人口販子做錯了什麼事情，惹大姊姊生氣，結果被甩掉了吧？）

光突然同情起那個人口販子。被笑成這樣，真是太可憐了。這麼漂亮又溫柔的大姊姊居然會說出，要是跟他在一起，這輩子就完蛋了的這種話。

「我只是負責照顧他的生活起居而已。因為是主從關係，所以才稱呼他主人。對了，光。」

黎深撿回光這件事，對百合而言，具有特別的意義。

「你有地方可去嗎？」

驀地，光臉上的表情完全消失，彷彿凍結般的面無表情。

百合沒有繼續追問。

「那麼，你願意留下來嗎？」

「……咦？」

黎深再怎麼樣，也不可能基於同情或憐憫而收留他。就算光死在路邊，這個人也會漠不關心的從一旁走過去。不知道是吹了什麼風，但黎深會把光帶回來，就代表光本身引起了黎深的注意。不然照顧生病的百合這種小事，隨便找個人來做就行了。

（這孩子……）

即使在自己離開以後，他或許會繼續留在黎深身邊也說不定。

百合緊緊握住光的手，必須趁著這個大好良機「用力威脅」他，任何手段也在所不惜。

「光，我告訴你，雖然我不是要故意嚇唬你，不過要是惹那個人生氣就等於是世界末日，那個人擁有多到數不清的財富跟權勢，個性差勁到極點，又很愛記仇，從來不聽別人的勸告，自我中心主義，鬼還比他像樣多了。真的是一個泯滅人性、遊手好閒、超級沒天良的傢伙。為了自己著想，還是乖乖聽他的話比較好。絕對不可以輕言離開。只要被那個人盯上，最好是將錯就錯自認倒楣，積極的開拓第二春吧。」

所謂的倒楣就是積極的將錯就錯嗎？光往後退。

這時的光覺得百合這番話太誇張了。

不過，日後絳攸才明白當時百合的這番話完全是事實。

「求求你，請你一定要留下來。」

「……可是……」

真是棘手。不過，天底下究竟有多少足以引起黎深關心的傑出人材呢？

光是最後一線希望。百合雙眼發亮。如此一來，甚至不惜動用武力——

「呵呵呵，你試著逃跑看看就知道了，你是沒辦法離開這裡的。其實這座府邸原本是可怕的大妖怪——狸貓妖怪塔奴塔奴的根據地，黎深使出必殺的蠻橫強勢攻擊將塔奴塔奴一夥人一網打盡，然後占領這座府邸。由於這件事的影響，就算現在想要逃走，也會在同一個地方繞圈子，就是所謂的受到詛咒的陰森府邸……像你剛才只是去上個茅房就迷路了，對不對？」

天真的光聽得臉色發白。百合在腦中決定要盡快向所有家僕跟「影子」下達指令，只要光外出走動的時候，必須搶先一步變更日常用品的位置。即使不這麼做，紅邸占地寬廣足以容納一座小型森林。單憑小孩子的腳程根本走不到大門。

日後絳攸的方向感會偏差到離譜的重大因素，主要就是百合在當時徹底下達的指示……之後百合也為此深切反省，只可惜為時已晚。

之後，百合安排光待在舒適的房間休息，接著去尋找黎深。雖然是第一次造訪貴陽府邸，不過，她已經把整個結構牢記在腦中，而且也猜得出黎深喜歡的房間。

「黎深，我要進來了?」

百合只叩了一次房門，隨即往房內探頭。果然在裡面。

黎深躺在床上睡著了。與其說睡著，應該是隨意躺著。雖然換上了寬鬆輕便的家居服，但鞋子沒有脫掉，頭髮沒有解開，被子一件也沒蓋。感覺就像是覺得這些小事實在太麻煩了，然後鬧起彆扭，一股腦兒的躺到床上就直接睡著了。

百合無可奈何的走上前，幫他脫下鞋子，解開綁著的頭髮。

(……真是的，這樣真的沒問題嗎?到底有沒有辦法參加國試啊?)

她用力拖出被黎深壓著的毛毯，幫他蓋好。大考期間必須住進宿舍好幾天，這個貴族少爺不要緊吧?

黎深的特徵就是連睡相也看起來不可一世。百合以手指輕彈黎深的鼻子：

「抱歉給你添麻煩了，謝謝你……啊——不過我拜託你一件事，會試之前不要再到處亂跑，乖乖待在府邸。我也差不多要開始做好離開的準備了，晚安。」

——翌日，黎深行蹤不明。

「黎深住進預備宿舍了？」

數天之後，接獲這項情報的百合大喊出聲。

黎深突然下落不明之後，百合一方面安慰抽抽噎噎的哭著，自責做事不周的善良總管，一方面忙著蒐集情報。黎深的行動向來出人意料之外。

原本以為他跑到邵可大少爺的府邸，在外面轉來轉去，結果不是。包括花街在內，他四處惹是生非，而且還有人作伴。根據調查，跟他一起行動的其中一人是拄著枴杖的青年——紫州州試榜首鄭悠舜，以及另一人號稱活動凶器的黃州州試榜首黃鳳珠。

看來黎深是被他們兩個人帶走，住進了預備宿舍。預備宿舍是位於宮城內部的宿舍，開放給在貴陽找不到住處的考生，以及想要提前進入宮城的人，不過——

自炊，公共茅房，沒有澡堂，當然也要自己洗衣服。只有狹小陳舊的房間跟書桌，以及鋪著又薄又硬棉被的床鋪，任何聲音都聽得一清二楚。不但有老鼠出沒，還有蝙蝠飛來飛去。私人空間自然等於零，記得連熱水袋也沒有。

此外，距離會試大考只剩一個月。

百合不認為黎深會逃跑回來，會逃跑的反而是他身邊的人吧。

（唔哇……跟黎深相處一個月下來，原本可以考上的人大概也會落榜吧……各位真是對不起。）

百合打從心底對今年的會試考生表示同情，然後立刻中止搜索。

邊走邊下達指示時，光急急忙忙的迎面跑過來：

「百合姊姊，妳有一封信。呃，是一個，叫做『九狼』大人……的人寄來的。不過那個……送信的人好像在雪中跌倒過，所以，信濕掉了……」

光露出垂頭喪氣的模樣，百合微笑著拍撫他的頭：

「不要緊，應該還是看得懂才對，謝謝你送信過來。呼嗯，是玖琅寄來的啊。」

而且收件人不是「讓葉」，而是「百合」。咦？到底有什麼事呢？

「嗯……有些字，有點暈開了看不清楚……寫些什麼。『務必麻煩妳。請妳……二哥，黎深的新娘』？是不是『請代為挑選』？」

請代為挑選黎深的新娘!?

（怎、怎麼把天底下最大的難題直接丟給我啊，玖琅!!）

百合全身打顫。黎深的新娘!!什麼樣的新娘啊？比尋找七件寶物來得困難好幾倍。

百合仰起頭。沒辦法。只好當作是伺候黎深的最後一件重大工作，在離開紅家之前，死馬當活馬醫，盡量找找看了。

百合思索了片刻，決定先聯絡貴陽第一妓院。

三

自從黎深擅自住進預備宿舍之後，已經過了十天的時間——

「百、百合姊姊……請問，我可不可以……跟那個把我撿來的人見面？」

百合跟光一起用著早膳。

經過百合嚴格的調教，轉眼間，光彷彿變了一個人。理解能力非常強，是個相當聰明的少年。

最重要的是，光自身認真努力的學習態度。

百合為了爭取一些時間思索這個難以回答的問題，於是先開口誇獎光：

「你現在拿筷子的姿勢已經非常熟練了，真了不起，給你吃一個栗子餅做為鼓勵。」

分到了最愛的栗子餅，光開心的笑了……

「我……希望好好表現，不要讓百合姊姊，跟那個把我撿回來的大好人丟臉。」

百合突然停下筷子……剛才好像聽到了某個詭異的字彙。

「……光……我問你，你剛才，是不是提到什麼大好人之類的？是在講誰？」

「當然是……『黎深二少爺』啊。他對我這麼好……我真的很開心。雖然他之前對百合姊姊做了很過分的事情，不過我知道，那是在『掩飾難為情』，也就是所謂的愛妳在心口難開。黎深二少爺親切又溫柔，真的是個大好人，因為我相信百合姊姊照顧的人絕對不是壞人。況且這座府邸的每個人都好了不起，對我又好體貼，告訴我好多事情……我真的很不好意思，一開始還誤會黎深二少爺是人口販子……」

百合手上的筷子「喀啦」一聲掉落，全身顫抖個不停。這是怎麼搞的？

怎麼辦——可能是一段時間沒見到黎深的緣故，光的腦袋竟然產生了奇怪的變化!!（此外，只要是跟黎深處在同一個屋簷下的人，當然就十分不得了，總而言之，聚集在紅邸的人自然全都很了不起。）

「從那次以後就沒再看過黎深二少爺……是不是發生什麼事了？」

「咦!?啊、那個，因為有些事情，黎深暫時要去別的地方住。」

「大好人」這句話讓百合思緒紊亂，費了好大的力氣才有辦法做出這個答覆。

光看著話說得吞吞吐吐，內心動搖不已的百合，突然恍然大悟。

（丟下百合姊姊，住到別的地方……難道黎深二少爺在外面拈花惹草!?）

光很喜歡百合，同時暗地心想，其實很親切體貼的黎深二少爺如果一直單戀百合姊姊而得不到回報，自己是不是應該幫一點忙。

百合回到現實，然後「唉——」的嘆了一口氣。

那個白痴黎深，只有一身衣物，什麼也沒帶就去住預備宿舍。在那個以自給自足為原則的宿舍裡面，也不知道這十天是怎麼過的——不，可以猜想得到，一定是每天給某個親切的好心人添麻煩，強迫人家請他吃飯——不過，應該也差不多快到極限了吧。

話又說回來，整整十天一聲也不吭的，倒真是有點出乎意料。

「唔嗯，我想這幾天他應該就會捎信來，叫我帶些食物或衣物過去吧——」

光吃了一驚。黎深二少爺，這樣下去百合姊姊一定會更討厭你的。黎深二少爺大概是想引起百合姊姊的注意才會這麼做的吧，但這根本就是反效果。不但在外面拈花惹草，還滿不在乎的叫百合姊姊把食物跟衣物送到情婦的家！再怎麼看，都是一副窩囊老公的模樣。如此一來，百合姊姊覺得這輩子會就這麼完蛋也是無可奈何的。

「百、百合姊姊！妳要不要做些飯菜給黎深二少爺呢？」

喜歡的人親手做的料理，絕對不會不喜歡的，這就是所謂的愛妻便當。前一陣子，侍女姊姊跟他說過，有個妻子利用親手做的料理，成功的讓丈夫回心轉意的故事。

百合也正在考慮帶些食物過去。光是想到黎深把其他考生所剩不多的糧食吃得一乾二淨，就覺得內疚不已。乾脆連同其他考生的分也一起帶去好了。

「說的也是。那就帶些，洋蔥、紅蘿蔔，牛蒡、白蘿蔔、南瓜、米、魚、肉、酒、辛香料——啊，對了，還要帶鍋子、菜刀跟湯杓之類的調理器具——」

光大為錯愕。不是便當，而是實、實物供給!?還附上調理器具！意思就是，想吃飯就自己做，不要再回來了!?

「不、不、不不不是食材啦!!」

百合姊姊果然對拈花惹草這件事情很生氣!!光努力的想要改變百合的心意：

「就是做一些──黎深二少爺愛吃的食物啊。」

可以安慰黎深二少爺的心靈，讓他知道自己做錯事了。

「喜歡的食物嗎?啊，忘記還有橘子，以前還好，這些年來特別愛吃橘子。黎深還難得下令改良橘子園，種出很小很甜又無籽的橘子。」

「橘子！不是把皮剝一剝就可以吃了嗎？」

「咦?簡單一點不是比較好嗎?黎深好歹也懂得自己剝橘子皮。」

「那個，至、至少做個飯糰之類的！來做嘛，我也一起幫忙。」

光努力不懈的奮戰到底，說什麼就是非得採取愛妻便當戰術不可。

百合愣住。還有半個月以上的時間要在髒亂的宿舍自炊耶──

「飯糰?今天吃完不就沒了?」

「有、有什麼關係?我想黎深二少爺一定很想念溫暖的家庭口味。」

呼嗯，百合陷入思索。

黎深會怎麼樣，她懶得管，但至少要帶一些可以表達歉意的東西送給他周圍的人。無論如何，目前受害的範圍應該很大吧。送飯糰過去的話，比較不唐突，或許是個不錯的方法。反倒是朝廷一直沒有傳來關於黎深的消息，讓百合暗地表示佩服。因為那個黎深是不可能不引起騷動的。

總之，先去看看情況再說。

「說得也是，那就做些飯糰送過去吧，光你要不要一起來？」

光的表情為之一亮。百合姊姊真的好溫柔，不管怎麼樣，她心裡還是很掛念黎深二少爺的。如果錯過了百合姊姊，那黎深二少爺這輩子就沒救了。

「不，我怕打擾到你們，所以我會留下來等百合姊姊回來。」

「光你真是個貼心的好孩子，真了不起。」

黎深實在是配不上。百合打從心底感激「甚至顧慮到其他考生」的光。

兩人的對話從頭到尾完全牛頭不對馬嘴。

由於光專程送行，因此百合只好以「百合」的身分來到宮城。

有預備宿舍設置在宮城的一隅，允許考生的家人在正式大考之前提供資助或慰問。總而言之，有錢人的子弟往往會收到大量物資，而窮人家的子弟則是一點一滴的縮衣節食。考生不同的生活背景深深影響著預備宿舍的生活。

百合也在載貨馬車上，擺放了大批生活用品與食糧。

（不過，黎深真的連一次也沒有聯絡過耶——）

原本還以為，最多三天就會捎信來要她帶這個、帶那個去。

百合經過皇宮城門的時候，一報上來意與名字，守門衛兵的表情立刻明顯轉為僵硬：

「咯唔呀！您是那、那那那那『那個』紅黎深的家屬嗎？」

黎深你又幹了什麼好事……才十天的時間，連最外圍的守門衛兵都知道了你的名字。

（還發出「咯唔呀」的怪叫……）

百合的載貨馬車上的物品是「送給全體考生」的，而不是紅黎深一個人，不過當時守門衛兵怪異的表情讓她非常在意。

總之，先去看看情況吧，於是百合背著裝了一大堆手工飯糰的包袱，走向預備宿舍。不知為何，唯獨黎深入住的「第十三號宿舍」位在相當偏僻的位置，彷彿刻意隔離在其他預備宿舍之外一樣，但是百合並沒有深入追究，她完全可以理解之所以這麼做的理由。

百合走上前，仰望「預備宿舍第十三號宿舍」。

真是驚人。

「……未、未免也太破爛了……」

紅家的茅房還比較像樣一點。實在不敢相信這種地方能夠住人，感覺好像會被旁邊「今天也是不斷生長茁壯」的森林（森林！）吞蝕掉。最主要的宿舍怎麼看都像一座處於現在進行式的廢墟，再回收利用的唯一用途，就是拿來舉辦試膽大會。以彷彿輕輕一戳就會倒塌的絕妙傾斜角度佇立著，明明是白天，卻覺得很昏暗，當陰森的寒風咻咻的拂過頸子的時候，百合也不禁全身冒出雞皮疙瘩。

（一定有問題！這個地方一定有問題!!）

雖然現在是大白天，卻感覺可以看見考生各種不同的怨念到處飄浮。仔細一看，四處甚至貼滿了驅邪的符咒。到底是發生了什麼事啊？唯一可以感受到人味的，就是手法拙劣到極點的修補痕跡，不過——豎耳聆聽之下，還可以聽見「嘎！喀喀喀！」等等，宛如來到野生王國般的動物叫聲。

而且，幾乎感覺不到人的氣息……

（……黎深，真的住在這裡嗎？）

百合不由得心生疑問。不管怎麼想，都覺得那個嬌生慣養的貴族少爺黎深，根本沒辦法住在這種地方。

就在這時，「吱……」的一聲，宿舍大門打開了。百合吃了一驚，連開門聲也挺恐怖的——

不過，冷不防走出大門的是一名跟這棟宿舍完全格格不入，舉止穩重的青年。溫和的面容讓人感覺只要他一出現就如一陣和煦的春風吹過一般。

「原來是訪客，請問您要送東西給哪位？」

「啊，是的，我名叫百合。這次紅黎深蒙受各位的照顧……」

青年眨了眨眼。目不轉睛的俯望百合：

「……百合……小姐？妳就是百合小姐嗎？」

「是的。請問……有什麼事嗎？」

「沒事，原來如此，您就是百合小姐啊，這下我明白了。」

百合側著頭。在黎深的面前一直都是「讓葉」，他跟別人提到「百合」的事情嗎？算了。

由於對方拄著枴杖，所以百合一眼就看出他是人稱鬼才的鄭悠舜。從他把黎深帶到預備宿舍這件事情來看，可以肯定他絕對非比尋常。

「請問……黎深真的住在這裡嗎？」

「是的，沒錯。他現在剛好去拿洗好的衣服，等一下就會回來。」

百合以為自己產生了幻聽：

「……洗好的衣服？」

「是的，因為今天天氣很好。」

「衣服確實可以很快就曬乾，不過，真的是我家的黎深？」

「是的，他跟另一位名叫黃鳳珠的考生一起。昨天輪班做菜，今天則是輪班洗衣服。」

百合隨即轉身：

「看來是跟同名同姓的人弄錯了，抱歉，我馬上離開，打擾了。」

「請等一下，真的是本人啊。如果就這樣讓妳離開，我會挨黎深罵的。」

「這怎麼可能!!我家那個可是鬼哭神號的大魔王再現，光是待在這個世間就會接連招來可怕的大災厄，讓周圍的人慘遭池魚之殃，然後把所有爛攤子全部塞給我，任性到極點的大少爺，一副我是所向無敵，不可一世的紅黎深耶！怎麼可能會去做菜洗衣!!」

悠舜思索了片刻，然後指著貼得到處都是的符咒：

「……那些驅邪的符咒，有九成是在黎深住進來以後貼上去的。」

「咦？」

仔細一看的確是滿新的。居然還有「祈求順產」的平安符，可以想見張貼的人只是想求得內心平靜的迫切心情。

「其實我跟黎深原本是住在另一棟宿舍，不過其他考生都哭著跑光了。後來被關進牢房裡面，但是黎深不知道是怎麼辦到的，居然神不知鬼不覺的複製了鑰匙，擅自出入牢房，把獄卒或犯人的飯菜吃個精光，還抓住別人的弱點故意百般刁難，到最後造成許多犯人精神上的打擊，結果迫使管理單位採取隔離政策，我們才會住到這裡來。啊，但是黎深也有不錯的表現。黎深待在牢房的期間，每個罪大惡極、窮兇至極的犯人全部洗心革面，表示『從今以後會努力贖罪，回到社會也會重新做人，為大家犧牲奉獻。現在終於體會到，造成別人的困擾是多麼糟糕的一件事情，下次再也不敢了。絕對不想變成跟那傢伙一樣……』啊，最後一句當我沒說過。」

聽起來應該是我家的黎深沒錯，百合開始這麼覺得。

「其他還有，跑到御膳房旁若無人的偷吃陛下的膳食，每天跟飛翔一起私闖羽林軍偷酒喝，遭到武官追趕的時候，也經常使用卑鄙的手段取勝，帶著鳳珠故意跟蹤捉弄其他考生跟官員，把昏迷的大官剝個精光，活像個兇神惡煞。同時四處閒晃，開始蒐集大官們的醜聞加以索賄。把寵愛貓兒的大官愛貓全身剃光光，到處分發傳單揭露某位大官人畜無害的女裝癖祕密。玩賭博圍棋藉此搜刮鉅款，而且還讓對方立下蓋了血指印的字據。事到如今，黎深已經成為窮凶惡極的代名詞。恐怖大魔王紅黎深，黎深能使鬼推磨，這個世間全是黎深，一轉頭就會看見黎深，一看見那小子就等著寫遺書吧，這是目前最盛行的口號。大家都抽抽咽咽的哭個不停，說連骨頭也被緊緊抓住。」

百合垂下肩膀。如果要說有辦法在短短十天取得如此輝煌戰果的人類，全天下只有一個人。絕對不會錯——

「應、應、應、應該是我家的……黎深……沒錯、的樣子……」

百合丟臉丟到很想挖個洞把自己埋起來。

「……不過，還是想請問，那個黎深，真的在洗衣做菜嗎？」

「因為我氣得罵了他一頓。」

面帶笑容，爽朗的肯定表示。

百合瞠目結舌。竟然有辦法責罵那個黎深，還可以叫他乖乖聽話!?

（這個人到底是何方神聖——）

「雖然嘴裡不停發牢騷，不過該做的事情都有做。他現在生龍活虎的，敬請放心。」

百合的嘴巴一張一合……接下來，露出自嘲的笑容並且嘆了一口氣。

邵可大少爺的預測完全正確。「讓葉」相處了十年也做不到的事情，這些人在短短的十天就達成了。雖然很高興，但也覺得有點窩囊。

「……已經想盡各種辦法，到最後能做的都做了，結果還是沒用啊……」

「咦？」

「沒事。對了，我帶了一些吃的過來，有飯糰、醬菜跟橘子，請大家一起享用。順便也運來一些日用品，這些也全部送給大家。」

百合把扛在背上的包袱交給悠舜，同時深深的一鞠躬：

「黎深就拜託各位了……雖然他是那種個性，但請不要捨棄他。他之所以對人漠不關心，做事為所欲為，不懂別人的心情，情感的表達方式很奇怪，全是因為他從來不曾跟別人接觸的緣故。而且連最基本的常識也沒有，所以我想一定給大家添了不少麻煩。大概是因為他只有腦筋還滿聰明的，所以比較不容易理解……其實黎深很孩子氣……自從被最重要的人拋下不管之後，就一直封閉在自我的世界裡……」

「不是還有妳嗎？」

「啊哈，有沒有我，黎深也不會有任何改變。那我走了。」

悠舜大吃一驚，正在思索應該要說些什麼之際，百合已經離開了。

她才剛走，黎深就抱著洗好的衣物，一邊跟鳳珠大聲爭吵，一邊從森林的方向走了回來。

「黎深!!你這傢伙硬把兜襠布全部塞給我，是什麼意思啊！」

「嘖，你怎麼這麼囉唆啊？聽好了，你根本不知道這些兜襠布是你的救命恩人。你那張煩死人的臉，就是因為抱著飛翔那一大堆髒死人不償命的兜襠布，才正好相互抵銷。每天這個時刻路過探望的家屬會昏厥過去，以及天上的烏鴉飛得暈頭轉向還不全是你的錯。都是飛翔那一堆洗完曬乾反而變得更臭更髒的怪異兜襠布害的。全是本大爺我，把兜襠布讓給你耶，好歹也該高興一點吧。」

「之所以會變成醬油滷過的顏色而且變得更臭，還不都是你拿錯竹炭香皂，放進了馬糞的關係!!看你怎麼賠，大笨蛋!!這下大家都沒有新的兜襠布可以替換了！」

「去偷別人的不就得了？只要有你這張臉，要多少就可以搜刮多少。」

「大白痴!!穿別人的兜襠布哪有辦法參加考試——!!」

悠舜按著額頭。

就在這個時候，黎深發現了悠舜手上的包袱。一看見布結之間露出的橙色，於是挑起眉毛：

「悠舜，那是橘子嗎？」

「黎深，你慢了一步。百合小姐剛剛來過——」

這個時候，悠舜第一次看見黎深變了臉色。

百合並沒有立即離開，而是在宮城內閒逛。一個姑娘家太過醒目，所到之處均遇到衛兵阻撓，不過，當她一開口說明自己是紅黎深的家屬，所有人立刻逃之夭夭。

（這可能是有生以來頭一次覺得當黎深的家屬還不錯。）

紅家有一張標記詳細的宮城簡圖。紅玉環在先王陛下的後宮時享盡權勢榮華，眾人皆知她是最受寵愛的嬪妃，因此她親手繪製的簡圖應該是最新的內容才對。

百合已經把所有的路線整個牢記下來。如果要她畫，她也有辦法畫出一模一樣的圖。

一面檢視簡圖正確性的同時，百合走向沒有對外開放的仙洞宮。

仙洞宮附近的池畔，一個年紀比光更小的小孩正坐著窺看池面。

百合走上前，從後方抱起小孩：

「小弟弟，不能太靠近，小心掉進水裡。」

小孩訝異的轉頭看著百合。這孩子臉蛋長得很漂亮，但沒什麼表情。

「……大姊姊妳看得見我嗎？」

這孩子說話真奇怪，百合心想。

「除了邵可以外……每個人都把我當成鬼魂一樣看也不看一眼……因為前幾天，王兄他們把我揍了一頓，然後叫我『趕快消失吧！』所以我可能真的消失了也說不定……」

百合吃了一驚。邵可——難道指的是邵可大少爺嗎？

「這個池塘有靈性，聽說只要祈禱，水面就會出現希望看到的人，我想說或許可以看見清苑王兄，所以才會一直待在這裡，祈禱。」

果然是，最小的六皇子。

百合看向地面……清苑皇子就住在邵可大少爺的府邸。可說遠在天邊，近在眼前。

邵可的理性比鋼鐵來得堅韌。即使不斷看著眼前這位小皇子，每天因思念二皇子而哭泣，在時機成熟之前，仍然以笑容隱藏一切，不會透露隻字片語。

百合也明白，目前這種狀況之下，對於兩位皇子而言這是最好的做法。

百合回過神來才發現，自己正在喃喃自語：

「……大姊姊我，也有一位哥哥哦。」

皇子瞪圓雙眼回過頭來，幾近面無表情的雙眼閃閃發亮：

「真的嗎？大姊姊的哥哥是不是也很好呢？清苑王兄真的對我好好哦。」

「我從來沒有見過我的哥哥。」

「一次也沒有？」

「是啊，一次也沒有。所以我才來找他，雖然不知道能不能見到面。」

百合看著身材瘦弱，遍體鱗傷的皇子。

深刻的悲傷、絕望，以及無法割捨的一線希望。沉默寡言，再加上平板的表情。然而，他還保有一顆善解人意的心。這一定就是二皇子所守護的事物。

「皇子殿下。我為了總有一天可以見到我的哥哥，每天按時吃飯，就算睡不著也要躺著休息，希望早點變成大人。而且好好用功、念很多書，還要鍛鍊身體，學習劍術、射箭跟游泳，努力在小豬撲滿存錢準備旅行費用。寂寞難過得想哭的時候，就在我最喜歡的李樹下，彈琵琶給自己打氣。」

雖然寬廣，卻有如籠中鳥般的隨時受到監視的世界。

她知道，原本以為是祕密場所的李樹下，偷偷的彈奏琵琶，其實全部受到了監視。有一天，一直藏得好好的小豬撲滿被摔得粉碎，象徵百合自由的那些錢從此不翼而飛，而且接下來，立刻被派去服侍黎深。

防止百合逃跑，不會洩漏祕密，不會背叛。

為了讓一切按照原訂計畫進行，為了紅家，紅州跟三兄弟就是百合的鳥籠。

然而，玉環跟前任宗主相繼去世。而現在黎深輕而易舉的打開了鳥籠。

「皇子殿下，請好好保重自己。先前你的王兄努力保護著你，這次你要自己保護好自己。好好吃飽，用功讀書，獲取力量以對抗踐踏你尊嚴的人，偶爾抬起頭仰望天空做個深呼吸，為了總會來臨的那一刻。如果你一個人在這裡看著池塘，結果不小心掉進水裡淹死的話，你就再也見不到你的王兄了。」

長長瀏海下的大眼睛，訝異的抬望百合：

「……大姊姊，好像……」

「好像？」

劉輝皇子從懷中掏出一個紅色的小布包。是手工做的，而且蠻老舊的。

「……以前，母后把我最喜歡的布包丟進池塘，我想撿回來，結果卻掉進去……救了我的可怕伯伯把這個替代的布包送給我，跟我說了相同的話。重要的事物要靠自己保護……我……一直忘了這件事……」

劉輝帶著認真的眼神，抬望百合：

「我以後真的可以見到清苑王兄嗎？」

百合將邵可與黎深絕對不會說出口的話——也就是「劉輝想要的答案」衷心的告知。即使這一天永遠也不會到來，但言語有時是必要的。

「是啊。『一定』可以見面的，所以你要好好保重自己哦。」

百合戳了戳劉輝的鼻頭，然後疼惜的輕輕吻了他的臉頰。

就在這個時候，一個物體冷不防飛過來，不由分說的命中劉輝的後腦杓。

看見當場昏倒在地，不省人事的劉輝跟橘子，百合也嚇了一大跳。這是紅州產的橘子——

「百合！那個臭小鬼是誰呀！」

「黎深!?你怎麼突然丟東西打人呀！太過分了——」

不知為何，黎深一副氣呼呼的模樣，還粗魯的直逼而來：

「我在問妳，這個臭小鬼是打哪兒來的？啊啊？」

「什、什麼臭小鬼，他是六皇子殿下啊。喂，你看他很可愛吧？臉頰鼓鼓的。」

「哦，原來他就是那個完全不把我放在眼裡，成天在府庫的大哥身邊轉來轉去，讓人火冒三丈的小鬼啊。那正好，我現在就把他的頭髮跟眉毛剃掉，連同鼻毛跟屁股毛也全部拔光，再扔進池塘裡。再不然就埋在橘子園裡當肥料，咯、咯、咯！」

「你有沒有良心啊！怎麼會講出這麼沒人性的話來。連那些殺人不眨眼的刺客都比你有人情味！」

「百合妳少囉唆。我才要說妳，那麼寵一個剛見面的小鬼幹嘛！會害得他以後沒出息的。我要把他塞進橘子，叫他在冬天游泳，綁上兜襠布，倒吊起來！」

塞進橘子?雖然聽不太懂但反而感覺更可怕。話又說回來——

「你有資格講別人嗎!?聽好了,你才是被寵壞的那一個!」

「妳說什麼!?我哪裡被寵壞了?給我講清楚。居然對主人我出言不遜、惡言相向、膽大妄為。從來沒有一次把我講的話聽進去!」

「這才是我要說的!要不是因為我這麼吹毛求疵,你的軌道才不會修正這麼多呢!如果不是有話直說,你現在一定會在宇宙的彼端變成恐怖大魔王,然後不斷從天而降,這個世界早就滅亡了!就算你有再多怨言我也不怕。不是跟你講過多少遍,開口說話之前,要先考慮一下對方的心情!」

「開什麼玩笑!誰管妳那麼多!!干我什麼事!」

就在這個時候,拄著枴杖追著黎深趕來的悠舜聞言大吃一驚。胡說些什麼!

不過,在悠舜還來不及開口之前,百合完全答非所問的放聲極力反駁:

「你真的是差勁透頂!甚至把光丟著不管,說走就走——」

「光?這又是哪一號人物啊?」

「笨蛋!當初不就是你撿回來的嗎!他是一個比你好上幾百倍的乖孩子。現在正好是個機會,在國試結束前的這一個月,讓悠舜他們教導你一些常識,等你多少變得像個正常人之後,再跟光見面吧,他一直想要見你一面。在這之前就——由我負責扶養。」

至少要稍微接近光所謂「大好人」的那種可悲誤解之後再回來,要不然光太可憐了。

不知為何，黎深突然噤口不語。怒氣也稍微平息下來，目光不停游移：

「……百合，妳來這裡到底是要做什麼啊？」

「啊？你問這是什麼問題啊？還不都是因為你什麼也沒帶就住進預備宿舍，所以我帶了換洗衣物還有糧食，也做了飯糰。」

「飯糰？」

「就跟橘子放在一起啊，還有你愛吃的海帶、鮭魚跟梅乾等等。」

「這就是妳出門時帶來的，我還沒吃。呼嗯，原來如此。」

百合感覺黎深的心情似乎變好了。但不知道為什麼，悠舜反而嚇了一跳，開始手足無措：

「……黎深……跟你說件事，你追著百合小姐離開之後，飛翔剛好來……所以我就把裝著飯糰的包袱交給他保管，現在很有可能……已經全部進了飛翔的五臟廟……」

目睹了黎深這一瞬間的表情，明明是冬天，悠舜卻冷汗直流。

（……飛翔……求求你，就算只有一個也好！一定要留一個下來啊!!）

說不定會演變成管飛翔的死因↓鄭悠舜的失言。

不過，百合完全不以為意的一笑置之：

「不用客氣，平日給大家添了不少麻煩，那些是送給大家吃的。」

聽到這段補充，黎深突然動怒。不是針對飛翔也不是悠舜，而是百合。

「不需要！誰要吃妳做的東西!!」

這時傳來「啪」的巴掌聲。動手的不是百合。

而是悠舜。

「——快道歉，黎深。」

「不要。」

「黎深。」

「反正不管對百合說什麼，她都沒關係。少管閒事。」

百合閉上雙眼。自己是不要緊，但對悠舜——

悠舜再次不發一語的舉起手，擋在前面接下第二個巴掌的是百合。

「對不起，他好歹是我的主人，所以我不能眼睜睜的看到他連挨兩個巴掌。」

就在這個時候，由於黎深跟悠舜遲遲沒有回來，跟著追過來的鳳珠也目睹了這幅光景。

黎深不耐煩的別過臉，隨即跟鳳珠擦肩而過，快步跑開。

打了姑娘家的臉也讓悠舜錯愕不已。他並沒有這個意思——

「百合小姐……真是非常抱歉。」

「沒關係的……看樣子黎深是不想把氣出在悠舜你的身上，因為不希望拿你出氣，結果被你討厭，所以才會找我當出氣筒。但不知道他自己有沒有注意到這一點。」

「這樣更糟糕！」

「不，可以說進步很多。想不到黎深現在會開始在意別人的反應而有所遲疑。」

百合撫著臉頰笑道：

「我想你那一巴掌應該會很有效。但對現在的黎深來說，只要一巴掌就夠了。如果給了兩巴掌，恐怕會一蹶不振……因為他第一次喜歡上『別人』，目前還處在摸索狀態當中。」

「……妳受得了黎深那種目中無人的態度嗎？」

「怎麼可能。如果悠舜沒有開口責備，我一定也會破口大罵他一頓。不過我想你也看到了吧？就算我生氣，也無法達到跟你一樣的效果……因為我對黎深那種笨蛋加白痴的個性，從來沒有認真理會過。實在很懶得跟他講太多。」

百合這才發現自己不小心說出了真心話：

「……我這個人很冷漠對不對？所以跟黎深是半斤八兩。況且這次與其說生氣，其實是鬆了一口氣……黎深現在還不知道，『別人』跟親人是不一樣的，有時一句無心的話，甚至會徹底破壞彼此的關係，陷入再也無法彌補的地步……」

向來不懂得體恤他人內心想法的黎深，很難避免這一點。

世界固然廣闊，想要找到真心交往的朋友卻相當困難。

百合不想破壞黎深會去發現的可能性。

悠舜的思緒也逐漸平靜下來：

「……黎深到目前為止，從來沒有用那麼過分的語氣對我們說話……」

百合心裡還滿羨慕的。那些對自己來說，早就是家常便飯了。

不過，這也是沒辦法的事。由於真心面對跟無心對待的差別，待遇當然會有所不同。對於黎深來說，悠舜他們的比重自然會勝過百合。

就在這個時候，有人從一旁遞了一條沾濕的手帕給百合。抬頭一看，是一名背對著自己的青年遞來的手帕。百合感激的接過手帕：

「謝謝你，那我不客氣了。」

似是受到這個聲音所吸引，鳳珠不禁轉過頭來。

悠舜打了一個寒戰。由於參加國試時的紛亂，現在的鳳珠狀況很不穩定。

（現在只要跟臉有關的事情就變得特別敏感——）

百合一看見鳳珠便頓時愣住。之前曾經聽說過，真的是令人難以想像的容貌。不是那種看了會如痴如醉，而是會讓人很想趕快逃跑，一死了之的美貌。老爺爺老奶奶看見這張臉會相繼昏倒也是無可厚非。

不過僅止於此而已。在百合看來，沒有任何事物會比黎深的個性更令她想要昏倒的。

「考試請好好加油，也請多多保重身體。」

百合對著鳳珠微微一笑，深深一鞠躬之後隨即離開。
悠舜看著鳳珠，有種不好的預感。試著戳一戳，沒有反應。試著拍一拍，搖一搖，還拉了拉頭髮，在眼前揮手。
一動也不動。
怎麼會接連發生這種棘手的狀況呢——
抱起昏倒的鳳珠，悠舜冷汗直流。

四

「百合姊姊，歡迎妳回來。」
光興沖沖的前來迎接百合，一看見她的臉頰有點發紅，當場嚇了一跳。
「姊姊妳怎麼了!?有人打了妳嗎?」
「嗯。沒事的，已經不疼了。」
光臉色刷白。一定是被情婦打的。
（說的也是。正室前往情婦住處，怎麼可能不發生爭吵！）
忍不住怨恨起自己膚淺的想法，早知道就應該跟著一起去才對。

「請、請問，飯糰，黎深二少爺有沒有吃呢？」

「啊啊，好像被跟他住在一起的人全部吃掉了。」

「什麼!?」

怎麼會有嫉妒心這麼重的女人。那麼多的飯糰，連一個也不留給黎深二少爺，而是自己全部吃光！結果愛妻便當大作戰最後還是以失敗收場。

「請問、請問，黎深二少爺的情況如何呢？」

「看起來滿快樂的，過得悠然自得，好像變了一個人般的活力充沛，我還以為自己看錯人了呢。甚至還會做一些以前從來不做的事情，跟喜歡的人在一起，果然就是不一樣。」

光受到莫大的衝擊，腳步踉蹌，怎麼會這樣!!

難道，黎深二少爺對情婦是認真的!?

不，黎深二少爺一定是被壞女人給騙了。一定是一時的鬼迷心竅。

「百、百合姊姊，不要緊的！黎深二少爺一定會回來的!!」

「是啊。不過，我想他大概有一個月的時間不會回來，真抱歉，你那麼想見他。」

百合話說得委婉，但內心覺得「啊——太好了！」著實鬆了一口氣。

（居然還問光是哪一號人物，那個大白痴……）

現在只能寄望跟悠舜在一起的這一個月了。希望回來的時候，可以稍微變得正常一點——

光緊緊抓住百合的衣袖。這個時候居然還在掛念我的事情。

（我、我一定要留在身邊支持百合姊姊才行！）

「沒關係的！我不在意。對了，我今天學了『蒼遙姬』哦，而且已經全部背下來了，讀書真的很有趣耶，我還想知道更多更多的事情。」

這是真的。單單學會寫字，世界看起來就變得截然不同。

「哎呀，真厲害。『蒼遙姬』還有樂曲哦，我彈給你聽。」

在紅本家不能彈，也不想彈，但在這裡的話，愛怎麼彈就怎麼彈。

百合一面調整琵琶的音調，驀地想起了黎深的呼喚。

「百合。」

自從第一次見面以來，現在才又聽到黎深喊這個名字。回想起來總覺得有點奇怪，雖然黎深還是那副好似已經喊過上百萬遍般不可一世的口氣。

（好了，今天讓光早點上床睡覺，「我必須前往姮娥樓一趟」。）

幫忙挑選新娘。

當天晚上——黎深正在幫小盆栽澆水。

悠舜則在黎深的後方擺了急救箱。

回來一看，黎深跟飛翔大吵一架，兩人扭打成一團，鬧得不可開交。

畢竟飛翔的老家是白州、黑州統治階層以外的總頭目，龐大的勢力範圍橫跨兩州，威風八面的黑道幫派。與白家、黑家旗鼓相當，傳說中的大流氓頭目之子，外號【九紋龍】的管飛翔。雙方在家世、經驗與體格都相距懸殊，照理說來，應該是黎深一面倒的挨揍才對，但由於平日多少有學習一些武術，再加上黎深也很拚命，雙方又不懂得手下留情，所以同時打得鼻血直流、兩敗俱傷、滿身瘡痍。

聽見打開急救箱的聲響，正在幫盆栽澆水的黎深吃了一驚，這個盆栽是黎深除了橘子以外，唯一帶來的隨身物品。在第十三號宿舍稱為「黎深之謎」。

「……我已經嚴厲處罰飛翔並且要他保證，下次再也不可以隨便偷吃別人寄放的食物。我也有錯，不應該在沒有加以提醒的狀況之下，就把東西交給飛翔保管。對不起，非常抱歉。不過，這並不代表我原諒你對百合小姐說的那些話。」

悠舜的聲音比冬天的寒氣來得更加冰冷，完全不見平日的溫和。黎深沒有回頭，不管水已經從盆栽溢出來了，卻仍然繼續澆水。

悠舜一面在棉花沾上消毒藥水，同時決定稍微幫點忙：

「百合小姐沒有教過你，道歉的時候應該說些什麼嗎？」

經過一段十分漫長的沉默。

悠舜耐心的等待，如果他的猜測沒錯的話——

最後，終於傳來一句微弱的「……抱歉」。

悠舜「呼」的吐出一口氣，終於突破難關了。

「很好，表現得不錯。那句話不是對我，而是請你對著百合小姐說。」

聞言，黎深立刻露出鬧彆扭的表情，不過悠舜並沒有多說什麼，也不打算強制他做下任何保證。百合小姐對於黎深而言應該是——

悠舜開始幫黎深包紮，同時直截了當的以不熟練的口吻向黎深探問。鳳珠自從跟百合小姐見過面之後，成天魂不守舍的，什麼事也不想做。

「黎深，我想問一下，百合小姐她，還、還是小姑獨處嗎？」

「你問這個做什麼？」

「沒、沒什麼——只是想，那麼好的姑娘家，到現在還是小姑獨處的話，實在滿奇怪的。明明應該不乏追求者，卻還是小姑獨處，會不會已經有了互許終生的青梅竹馬之類的……」

悠舜刻意強調「青梅竹馬」這個部分，不過黎深愈聽愈不明白：

「啊？她是不可能有什麼青梅竹馬的啦。」

因為「百合」是邵可的未婚妻，周圍的人則是只知道「讓葉」這個男孩。

糟糕，悠舜冷汗直流。自己果然不適合這種拐彎抹角的說話方式，於是下定決心，單刀直入的詢問：

「那你跟百合小姐是什麼樣的關係啊！」

「主從關係。」

「就這樣!?我看不只這樣吧，黎深!!你還是老實招來比較好，我不會像飛翔那個大嘴巴到處宣傳，也不會拿來當作笑柄，而且現在這個年頭，所謂門不當戶不對的觀念早就已經落伍了。」

黎深一時愣怔。悠舜到底在說什麼啊？

「啊？我說的都是事實啊，根本沒有更進一步的關係，只是一個不相干的外人而已。」

「怎麼可能！」

「什麼意思？」

「因為那個——」

看到黎深側著頭，真心的感到納悶，悠舜只好把即將說出口的話又吞了回去。

「呃，這樣反而會變得更複雜……不，沒什麼。」

如果百合小姐跟黎深是一對戀人，鳳珠也會就此死心……或許不會完全死心，但以他的個性來說，至少不會從黎深手中奪人所愛，而是全心等待百合小姐失戀。

悠舜努力的釐清狀況，並且仔細思索。不同於計算，一直想不出主意來。

（……咦、這個？百合小姐跟黎深只是單純的主從關係，而且完全不相干，鳳珠又對百合小姐一見鐘情，這麼一來……？沒有阻礙？）

黎深本身有很大的問題，鳳珠似乎也沒有什麼女人緣。不，是完全沒有。

如果黎深真的對百合小姐一點感覺也沒有，這個機會倒是難能可貴。

「這、這麼說來，百合小姐喜歡別人也沒關係對不對？」

「別人？是男的還是女的？」

「胡說什麼？百合小姐是女性，對方自然就是男的啊。」

「男的嗎？」

呼——嗯，黎深難得陷入思索：

「雖說是對方的自由，但最好還是勸告對方，如果愛惜性命就早點死心吧。」

「性、性命？」

「因為百合的情況很複雜，如果是女的，倒沒什麼問題。」

有不少姑娘愛慕「讓葉」，但百合本來就是女的，所以只好一一拒絕。不過，如果是男的喜歡上她，事情就棘手了。不過，百合應該會主動拒絕吧——

「一般男人是沒辦法跟百合交往的，因為她的背後有個麻煩人物。話說，鳳珠那副德性是怎麼回事？比平常更派不上用處。」

「咦!?啊、那、那個、因因因因為……呃……」

無法說明原因就是百合小姐，悠舜整個人僵在原地，這時黎深雙手一拍：

「對了，這幾天飛翔那小子從花街回來以後，提到了一件很有趣的事情。」

「咦？啊啊，就是『傾國傾城的琵琶公主』嘛？」

進入大考期間，直到考試結束之前，戒備相當森嚴，無法踏出一步，不過在此之前要怎麼安排每天的行程是各人的自由。走出預備宿舍，外出逛街換換心情當然不成問題……飛翔顯然是每天晚上都在吃喝嫖賭。

「就是貴陽第一妓院有一位無論如何追求，面對再多銀子也絕對不為所動的絕世美女那件事情嘛？聽說是彈奏琵琶的高手，光是想聽她彈奏琵琶就必須先花上一大筆銀子。」

可是，記得飛翔聊起這件事的時候，黎深根本就漠不關心。

就在這個時候，心不在焉的鳳珠正好從宿舍迷迷糊糊的迎面走來。

黎深看著鳳珠，抿嘴一笑：

「好，悠舜，咱們現在就到那家妓院去吧。」

「啊!?等等——等一下黎深！」

悠舜的大叫起不了任何作用，黎深已經硬拉著雙腳不方便的悠舜往外面走。

看見悠舜被黎深硬是拖走，鳳珠自然立刻追上來：

「啊、黎深!!你這傢伙到底想幹什麼啊!不是跟你講過別連累悠舜的嗎!?」

就這樣，三個人當天晚上來到了貴陽第一妓院——姮娥樓。

五

鳳珠氣得火冒三丈。

「你這人是怎麼搞的——都什麼時候了，還來妓院!!要玩你自己玩!我現在要帶悠舜回去了!!」

「哦——你以為現在這種狀況之下，有辦法回得去嗎?」

三個人一起在姮娥樓庭院的草叢裡，抱膝坐著。不，是躲藏起來。

姮娥樓大門外面引發一陣騷動。擔架來來往往，眾頭目手下也全體出動，拚命的四處奔波，還可以聽見「那群臭小鬼居然在會試期間還跑出來!要是給我們找著了，保證吃不完兜著走!」的怒吼聲。現在要是傻乎乎的走出去，被來勢洶洶、不惜掀了草皮也要找到人的他們逮住，肯定會沒命。尤其是悠舜的雙腳不方便。

「我想你應該知道，當你頂著那張臉，帶著悠舜一起走在路上，會有什麼後果吧，不過也未必會像之前那些考生一樣全部昏倒。」

悠舜吃了一驚，這句話對現在的鳳珠來說，可是一大禁忌。

「等事情平息下來之前，就待在這裡消磨時間好了，順便找一找剛才悠舜提到的女人——」

還不等黎深說完，鳳珠咬著唇轉過身，迅速跑開消失不見。

悠舜閉上雙眼：

「……黎深，你應該明白鳳珠一直很在意其他考生全部落榜的事情才對吧。你為什麼要說出那種話來呢？你認為不為任何人所動的『傾國傾城的琵琶公主』，或許看見鳳珠的臉也不會有什麼影響，所以才專程帶他來散心的對不對？」

黎深把臉別向一邊。

「我們去把他找回來吧，可以嗎？」

黎深沒有點頭，在悠舜抓住他的手之後，經過片刻才站起身來。

……另一方面，鳳珠漫無目的的在姮娥樓的庭院亂竄。

「不過，也未必會像之前那些考生一樣全部昏倒。」

他完全不知道自己跑到了什麼地方，回過神時，已經來到一條空無一人的走廊。不知從何處傳來琵琶的琴聲，鳳珠想也不想就闖進了那個房間。

哄光入睡之後，百合今晚也為了挑選黎深的新娘而來到姮娥樓。

女人最清楚關於女人的傳聞。尤其是像姮娥樓名氣這麼響亮的妓院，來客盡是王公貴族、大臣高官、各界仕紳名流等等赫赫有名的大人物。在妓院說話比較沒有防備，也可以聽到人們真正的內心話，最適合打聽哪家有什麼樣的千金小姐。

原本利用紅家的勢力委託大東家待在名妓身邊，專門蒐集情報自然是相安無事，結果不經意彈了一曲琵琶後，就開始倒大楣了。聽見琵琶琴音的客人追著妓女們詢問彈奏者是誰，而妓女們那種「用錢也買不到」的怪異拒絕方式也有不對。有錢有勢的客人開始流傳著「姮娥樓的神祕名妓」這個說法，眾人爭相送錢，表示只要彈一曲琵琶就好，以訛傳訛下，讓事情變得一發不可收拾。

百合一向喜歡彈奏琵琶，所以有人要求她也不會介意。於是這陣子在真面目不曝光，而且隔著垂簾的條件之下，只在特定時間才會彈奏琵琶。

這個時候，百合也一如往常在屏風後方調整琵琶音律，突然聽到腳步聲，隨即就有一個人闖進房內，讓她嚇了一跳。

她停下調音的動作，屏住氣息，經過半晌的沉默之後，傳來啜泣的聲音。

從屏風後方偷偷望去，看見有人正在哭泣。百合大吃一驚。

（咦？那個人……是白天才見過面的鳳珠？）

即使房間昏暗也絕對不會看錯。百合的懷中擺著他當時借給她的手帕，之後她把手帕洗得乾乾淨淨，還用火斗燙平。

百合思索了一下，然後彈奏起琵琶。

一曲彈完，啜泣聲也停止了，然後聽見低喃聲：

「……到時候一定又會被人指指點點，說全都是我害大家落榜的……」

百合瞠圓雙眼。對了，記得——

（雖說是榜首，不過今年黃州州試除了他以外，其餘的人全部落榜……）

確實在面對幾乎可說是殺人凶器的傾國傾城美貌之際，還必須專心考試，實在是一項過於嚴苛的考驗。身為考生平時就必須多所節制（除了黎深以外）。

然而，這個聽起來有如一樁笑話般的事情，對於當事人而言，的確是一項無地自容的現實。

鳳珠把臉埋在膝蓋當中。

會試即將到來。鳳珠固然猶豫不決，最後還是不肯放棄，來到了王都。

鳳珠希望憑藉實力進入朝廷，所以才會參加國試。家庭經濟方面並沒有什麼問題，但在清苑皇子遭到流放，藍姓官員又幾乎全部離開崗位，中央局勢詭譎多變的現在，他心想自己或許可以發揮一些用處。

不過，他可能錯了。那些落榜之後，哭著回家的考生，不是因為實力不夠才落榜。就算被人破口大罵全是自己害的，鳳珠也無可反駁。如果他沒有參加，想必一定會有考生通過州試的。

百合一手托腮：

「……你討厭自己的長相嗎？」

鳳珠倒抽一口氣。父母親聽了一定會很傷心，所以唯獨這句話他絕對不會說出口。

看見鳳珠搖頭，百合面露讚賞的笑容……真是個有骨氣的好青年。

「可是因為自己這張臉的關係，原本可以考上的人都落榜了，所以你覺得很難過對不對？不過，我並不想看到那些把落榜的原因推卸給你的人，成為這個國家的官員，謝謝你讓他們落榜。而那些沒有責怪你的人，明年一定會追隨你努力考上的。」

鳳珠瞠圓雙眼……從來沒有人對他這麼說過。

不過，經這麼一提，他才想起來。

雖然人數不多，不過確實曾經有個考生拍了拍鳳珠的肩膀：

「請你一定要通過考試，我明年也一定會努力考上，然後前去見你。雖然今年遭遇意想不到的失敗，不過明年一定不成問題，請你在王城好好等著吧～」

那個名叫景柚梨，看起來文質彬彬，比他年長的考生笑咪咪的如此表示。

正因為有了這個小小的激勵，鳳珠才有辦法支撐到現在。

百合微微一笑，開始彈奏琵琶：

「你剛抵達貴陽的時候，半夜還跑來這條花街對不對？」

在搜索「下落不明」黎深的同時，也蒐集到這項情報。

「我是來買墨汁的，只有位於花街的店鋪半夜還在營業。」

黃家少爺為了準備會試孜孜不倦的努力讀書到三更半夜，而且墨汁用完時，正好夜色已深還下著細雪，由於顧慮到家僕均已入睡，所以專程親自外出購買。得知此事的時候，百合感動得幾乎要掉下淚來。他跟黎深同年耶——

（跟我家那個白痴任性的大王簡直相差十萬八千里……）

真的是個認真努力的優秀青年。感覺就像在寒冬當中，吹過一陣清爽的初夏微風一樣。而待在黎深身邊，向來只會吹起寒風而已。

「然後，在購買墨汁的時候小心翼翼的拿布遮著臉，沒想到一位老婆婆在你眼前跌倒，披肩沾了泥巴，所以你把遮臉的布拿給老婆婆，結果引起一陣天大的騷動對不對？」

鳳珠詫異的睜大雙眼，為什麼連這種事情也知道？

「我覺得你的臉對你來說，是最好的禮物。」

看見鳳珠不悅的抿緊嘴唇，百合笑道：

「你會這麼努力充實自己，就是不希望別人以你的外表來判斷對不對？你希望大家不要只看你的外在而是內在，才會努力的嚴以律己，也因此造就了現在的你。用功讀書到半夜，墨汁用完就自己出門購買，還把披肩送給跌倒的老婆婆。你的臉確實長得很漂亮，卻比不上你腳踏實地磨練出來的自己。我對你的內心與行動，而非你的臉表達深深的敬意也非常的欣賞。那是屬於你的寶物，不同於容貌，就算再過幾十年也絕對不會褪色。只要年歲一大，每個人的外表都會變成滿臉皺紋的老公公跟老婆婆，你就再忍耐一下吧，來！」

百合走出屏風，來到鳳珠身旁，遞出白天鳳珠借給她的手帕。

「白天很謝謝你，這個還給你。」

鳳珠看見自己的手帕，忍不住瞠大雙眼——不會吧。

然而，眼前確實是當天下午遇見的那位姑娘沒錯。

百合面露苦笑，然後低聲嘟囔道：

「……真是的，我的主人跟你比起來簡直就是天壤之別……」

「主人？」

「是啊，跟你完全相反。任性到了極點，衣服脫了就亂丟，從來不收拾，又愛賴床，老是給別人添麻煩，對別人頤指氣使……唉，真的是無藥可救了。」

到了這個地步，鳳珠終於明白眼前的一切才是現實。

呃，可是怎麼會有這種跟故事情節一樣，命運的邂逅呢？

「雖然偶爾應該放鬆一下沒錯，但記得適可而止，考試就快到了對不對？」

鳳珠聞言，吃了一驚。對了，這裡是妓院。

「不、不是的!!我不是來這裡玩的——是黎——我朋友硬把我拉來——」

百合睜大了雙眼。黎深跑來姮娥樓？

（唔哇——這就代表了，他相中的某位姑娘就在這裡!?）

黎深不是那種來者不拒的花心男人。

（哇——哇！究竟是來找誰呢？這下子一定要好好調查一番才行。）

腦海浮現了原本以為可能性不高的新娘人選。

就在這個時候，其他房間傳來敲門聲。於是百合拿起琵琶說道：

「我得走了。放心好了，會試除了你以外，一定會有其他及第的考生。對不對？」

百合眨了眨一邊的眼睛。

我家黎深想必會給你增添不少麻煩，真的很對不起，請不要氣餒，繼續努力金榜題名吧——百合在內心如此補充道，接著快步跑開。

在走廊聽得一清二楚的悠舜，臉色發白。

（百合小姐為什麼會在這個地方呢!!）

戰戰兢兢地抬望一旁的黎深，只見他一副若無其事的表情。不過當鳳珠來到走廊的時候，他立刻不懷好意的笑道：

「鳳珠，你喜歡百合嗎？如果沒有做好相當程度的心理準備，可是沒辦法追求她的哦。」

鳳珠只從悠舜口中得知她的名字，以及跟黎深似乎是「熟人」的關係而已。

被說中心事的鳳珠，紅著臉轉向黎深說道：

「我知道！她也說過，自己的主人任性到了極點，個性吊兒郎當，待人粗暴，老是給人添麻煩，老是睡到日上三竿，根本就是個無可救藥的傢伙！」

黎深青筋直冒。由於當時百合輕聲低喃這些話，所以沒有聽見。

「哦！」

「沒想到還有人跟黎深一樣，專門敗壞男人的名聲！」

悠舜連忙摀住嘴。怎麼辦？這下事情變得愈來愈詭異了——

「一定有什麼萬不得已的狀況，讓她跑來做妓女的工作。雖然現在必須專心準備國試，不過——無論如何，我都一定要把百合小姐從那個無可救藥的主人手中拯救出來。」

「是嗎！是嗎！好好加油囉！」

悠舜訝異的扯了扯黎深的衣袖：

「黎深，你、你說這種話沒關係嗎？」

「百合選擇鳳珠是她的自由，況且那樣也不錯。只是現在的鳳珠如果不多用點心，是沒辦法跟百合交往的。」

黎深一副若無其事的模樣，讓悠舜感到不解。他剛才就一直在想，黎深對百合小姐真的一點感覺也沒有嗎？

「……百合小姐對你來說，並不是必要的嗎？」

「還好，有跟沒有都無所謂。」

「真的嗎？」

再三追問之下，黎深像個孩子似的側著頭重新思考：

「這個嘛，有她在的確是方便多了，如此而已。」

「……可是黎深——」

悠舜想起了黎深照顧的盆栽，答案明明就在那個盆栽。

（……話又說回來，現在正處於最重要的國試期間，這樣真的沒關係嗎？）

開始盡情的歌頌青春。

如果被其他考生看見了，可以肯定這兩人絕對會挨揍。

六

——一個月後，百合接獲考試通知單，稍稍吃了一驚。

「　狀元及第　鄭悠舜
　　榜眼及第　紅黎深
　　探花及第　黃鳳珠　」

（黎深是第二名啊……）

呼嗯，百合一手拿著通知單，眼珠子往上瞟。

「百合姊姊，那是什麼信呢？」

看著短短一個月就脫胎換骨，表現得十分優秀的光，百合對他笑道：

「黎深今天或明天就會回家了。」

「真的嗎!?」

光雙眼為之一亮。好厲害，真的就跟百合姊姊說的一樣，一個月以後就會從情婦那邊回來。

（果然還是百合姊姊最了解黎深二少爺了。）

百合姊姊這一個月以來，表現出一副若無其事的模樣，旁人看起來是朝氣蓬勃，活力充沛，但是想必私底下一定是暗自飲泣，淚濕衣衫。

光下定決心。一定要見到黎深，撮合他跟百合姊姊。

百合看著幹勁十足的光，忍不住倒抽一口氣，光仍然抱著「黎深二少爺是個優秀、體貼的大好人！」這個可悲的誤解。主因就是來自府邸的家僕們太過善良的個性，結果一直沒有任何人把真相告訴光。

（我得搶先跟黎深見面，提醒他不要說些有的沒的。）

要不然，光會哭著離家出走。

（反正黎深已經及第了，接下來只剩光而已，我也差不多該準備離開紅家了。）

必須先確認，是不是可以把光交給黎深之後再離開。

——當天晚上，黎深回到了闊別一個半月的紅府。

「歡迎你回來，黎深。」

黎深看著百合，訝異的挑起眉：

「……妳怎麼連在家裡也穿女裝啊？」

「噓！沒辦法呀，光只知道『百合』而已。」

「什麼？這麼說，妳從那次之後就一直是百合嗎？」

「是啊，唔唔，總覺得用百合的身分跟你說話很丟臉。」

「是百合還是讓葉？到底是哪邊？」

「吵、吵死了。沒辦法啊……我從來沒有想過會有這種狀況啊。」

由於以「讓葉」的身分相處了十年以上，所以覺得非常不好意思，不禁面紅耳赤，語氣也變成百合跟讓葉的混合體。

「啊，等一下黎深！你怎麼又把衣服脫了亂丟！」

黎深大剌剌的把脫下來的衣服往地上扔，百合則是一邊追一邊撿。原本以為體驗過團體生活之後，生活習慣可以稍微糾正過來，結果一點改變也沒有。

「洗澡水！」

「燒好了。」

「衣服！」

「擺在澡堂。」

「晚飯！」

「馬上就好。」

「橘子！」

「有啦！真受不了你這個任性的少爺！」

聽到百合迅速的回答，黎深回過頭，認真的俯望百合。

「幹嘛？」

「沒事，有妳在的確是方便多了。」

「我自己也覺得太寵你不太好，但今天就算了，因為你確實是努力了一個月。好了，趕快去洗澡吧。」

「頭髮！」

「你是只會講一個詞彙嗎！你以為你是誰呀！不過這樣正好，我總不可能一輩子都幫你剪頭髮，這次找別人來——」

話才說到一半，黎深的臉色立刻變得很難看。

百合只好放棄：

「好、好吧……我來剪就是了……不過，如果我真的不在了，你要怎麼辦？」

「到時再說。」

「說得也是，一定會找得到人幫你剪的。」

百合立刻表示理解，反而是黎深露出怪異的表情，陷入沉思當中。

「?趕快去呀,頭髮一定要擦乾,不然會得風寒的。」

百合拚命的把黎深趕到澡堂。

不過,洗完澡的黎深頂著一頭還在啪嗒啪嗒滴著水的頭髮就直接回來了。

百合全身打顫:

「——你是故意的嗎!不是講過這樣會得風寒的嗎!」

「哼,這又怎樣?不要命令我。」

一點都沒變,百合按著額頭。

(不,應該是我的錯吧?)

黎深每次遇到自己,就會馬上變成這副德性。百合仔細的擦拭黎深濕淋淋的頭髮,同時嘆了一口氣。

黎深閉上雙眼,似是完全放鬆下來般的十分順從。

「對了黎深,恭喜你考上榜眼。」

「呼嗯。」

「你是故意的,對吧?」

黎深突然睜開眼。

身後的百合帶著打趣的語氣說道。想必臉上的表情也跟聲音一樣吧。

「黎深，你在會試最後的題目『故意留白然後交卷』對不對？」

每年都會有不同的題目，只有最後一題永遠是相同的問題。

『如果你及第之後，希望成為什麼樣的官員，如何引導這個國家呢？』

唯一一題沒有正確答案的題目。

如果黎深沒有考上榜首，應該就是最後這題，百合心想。

果然不出所料，黎深面露不悅的表情：

「……那又怎麼樣？」

「我很佩服你。」

百合繞到正面，看著黎深的臉。

黎深對這個國家以及入朝為官一點興趣也沒有，他只是希望留在大哥身邊才會去參加國試。然而，事實上為了國家希望入朝為官，卻好幾年都無法及第的人不計其數。

對於像悠舜跟鳳珠那樣，為了入朝為官而每天全心全意的好學不倦，憑著信念與努力不斷往上爬的人來說，黎深這種人的存在根本就是一種侮辱。沒有信念也不努力，又不想入朝為官。國家、國王跟人民都不關他的事。只不過是想找一個可以留在王都的理由而已，對於落榜者來說，簡直就是一個讓人欲哭無淚，最糟糕、最惡劣的考生。

從不努力的天才，即使勝過全心努力的凡人也沒有意義。這是百合的想法。

黎深在這方面真的很差勁。不過，百合只認同一件事。

他絕對不會說謊。

怎麼看動機都很不單純的黎深，唯一的誠實回答。

就是不回答。

因為偶爾會出現這樣的舉動，所以百合才有辦法跟黎深相處到現在。

既然了解他完全無法為國盡忠的意思，國王與眾位重臣仍然決定錄用黎深入朝為官，那麼黎深可以說完全問心無愧。

「像你這麼差勁的考生要是考上狀元就太誇張了，如果你的名次超出悠舜之上，那這個國家就完蛋了，其他認真的考生就太可憐了。只怕以後再也不會有人參加國試。啊——幸好你考上榜眼，所以我才能由衷祝福你。恭喜你了，黎深。了不起！」

百合拿布包住黎深的頭，開心的轉來轉去。

百合似乎相當愉快，所以黎深也詫異得沒有加以揶揄。

驀地，黎深凝視著百合白皙的臉頰，那是代替黎深受了悠舜一巴掌的左頰。百合很快就意會過來，隨即噗哧一笑：

「悠舜有沒有叫你要好好向我道歉呢？」

「……少、少管閒事。」

百合帶著一副佯裝不知道的表情，一面擦拭黎深的頭髮，同時靜靜等候。

黎深把臉別向一旁，內心極力掙扎著，不曉得應該如何向百合道歉。

黎深從來沒有向百合道歉過。以黎深那種高壓蠻橫的個性，事到如今要他道歉，還不如一頭去撞豆腐自殺還比較快。

看他那副明顯掙扎的模樣覺得滿可憐的，於是百合讓步了：

「算了，我不在意，因為我早就知道你會說出什麼話來。不過，你絕對不能對著別人說這些話。不然真的會被人討厭，還會跟你絕交。」

不可以老是這麼寵他啦，百合對自己也感到無可奈何。不過，光是看到黎深想對自己道歉的掙扎模樣，就已經是天大的奇蹟了。

連旁人都看得出來，黎深顯然是鬆了一口氣。

「不要動，我要剪前面的瀏海，要是剪得亂七八糟我可不管。」

黎深乖乖地看著百合纖細的指尖靈巧的動作，黎深相當喜歡百合梳理他的頭髮。應該說，除了百合以外，其他人完全不行。一想到自己的頭髮被陌生人碰來碰去就覺得噁心。結果就這樣留了兩年的頭髮，完全沒有修剪。

「對了，鳳珠寫了一封信要我轉交給妳。」

黎深隨手拋出信件。百合拆開信件閱讀。黎深則是興致勃勃的詢問道：

「那妳會去嗎？後天在年糕紅豆湯店。」

百合為之一怔，為什麼黎深會知道信的內容？

「黎深!!不可以偷看別人的信!!下次不能再這樣了！」

「妳是要去？還是不要去？到底哪一個？」

「這個嘛，他對你那麼照顧，我就順便去向他道謝。而且我也愛喝年糕紅豆湯。」

「真不敢相信。鳳珠可是迷上妳了耶，妳應該打扮得漂漂亮亮。不過，為什麼又會選在年糕紅豆湯店啊？這就不懂了，是想營造好形象嗎？」

百合頓時愣住……迷上？

「什、什麼!?我們只見過兩次面耶!?」

「對那小子來說，能夠忍受他那張臉，正面跟他說話的女人，除了家人之外，妳大概是這輩子所碰到的第一個人。他早就已經認定妳是真命天女了，可是以結婚作為前提的心態。」

「什麼！等一下，雖然很高興，但如果是這樣，我是不會去的啦!!」

「去啦！不然我的面子要往哪兒擺!!」

「笨蛋！誰管你的面子！黎深你給我聽清楚了！仔細想想，對象可是我耶？我在貴陽是什麼樣的立場，你應該最明白不過的對吧？這樣肯定會造成鳳珠的困擾啦!!」

「鳳珠是黃家人耶，應該會有辦法吧。」

「我說你啊，連紅家都一直把我留在紅州，不准我出來，黃家更是不可能。我這一個月來可以平安無事，是因為待在紅府的關係，還有托你給我這把扇子的福。」

百合掏出了在發高燒昏倒之前，黎深扔給她的摺扇。扇扣上有「桐竹鳳麟」的刻印。手上只要有了這個，就可以受到「影子」的保護。

「如果一起走在路上，鳳珠很可能會受到連累。現在可不是看好戲的時候，他是你第一次交到的朋友對吧？」

黎深隨即別開視線，顯然他真的是在看好戲。

「所以我沒辦法跟他交往……當然，我覺得他是一個很好的人。」

百合小聲的補充了真心話。黎深驚訝的微微挑起眉。

不合邏輯的只有那張臉而已，其實從來沒見過那麼正直爽朗的青年，甚至還希望有機會再跟他多談談。手帕也立刻洗得乾乾淨淨，用火斗燙平，以便隨時可以歸還。

如果自己是生在普通人家的姑娘，一定會非常開心才對。

「我想你也知道，我的立場太過特殊。其實我是……『原本不應該存在的人』。」

「幹嘛露出那麼悲愴的表情啊？只不過是去年糕紅豆湯店坐一下，這有什麼關係？妳從剛才不是一直想去嗎？」

「也是啦……」

「而且鳳珠又還沒對妳說什麼，妳會不會自我意識過剩啊？」

「還不都是你隨便偷看別人的信！真差勁！這叫我有什麼臉赴約啊！如果不希望失去好不容易才交到的朋友，下次絕對不可以這麼做！」

「哼！」

把臉別向一邊的時候，百合微鬈的輕柔長髮正好掠過眼前。

「我覺得他是一個很好的人。」

黎深不自覺的發起火，伸手扯了百合的頭髮，百合的頭髮摸起來很舒服。

百合立刻大怒：

「好痛！頭髮被你扯掉了啦!!不要惡作劇了好不好？不然這樣下去——」

「怎樣？」

「……沒有，沒什麼……」

誰敢嫁給你當老婆啊！本想說出口，百合連忙閉上嘴。

「對了，你那時候跟鳳珠在一起對不對？是去姮娥樓找誰呀？」

百合充滿好奇的詢問。在那之後，黎深一行人並沒有多做逗留就離開，結果完全搞不清楚到底是去找什麼人。

「是誰、是誰、是誰？我不會嘲笑你的，快說嘛！」

驀地，黎深的心情轉壞。沒想到好巧不巧的「傾國傾城的琵琶公主」偏偏是百合。

「吵死了！我才要問妳跑到那裡做什麼？還隨隨便便彈琵琶。」

在紅家的時候，除非是特殊狀況，否則就算黎深下令，她也不彈。

這次輪到形勢不利的百合退縮，總不能明說是「去挑黎深的新娘」吧，黎深最討厭給別人添這種麻煩了。

兩人同時別開視線，各自轉移話題：

「啊，對了，我明天會出門一下，你就趁這個時候按照約定去跟光見個面。」

「記得好像有這個人沒錯，為什麼要見他？」

百合張大嘴巴。什麼叫記得好像有這個人沒錯!?

「笨蛋！這句話千萬不能說出來！光可是把你當成收留他的大恩人。這一個月來還非常努力的用功讀書，都是希望見到你以後，能得到你的誇獎。你就看在這一點，至少一個時辰，做一下表面工夫，不要破壞光的妄想……不對，是夢想！他不知道是哪根筋不對，一直相信你是個『天大的大好人』。因為你主動把他撿回來，我想應該有相當的理由吧。以你的個性，不是那種會一時心血來潮做出這種事情的人。總之，你應該要向他說明理由才行。」

直到翌日才明白，這番忠告不但沒有產生效用，甚至還造成反效果。

第二天傍晚，百合辦完事情回到紅府，府內一片陰沉沉的。

百合有種不好的預感。在這兩天，怎麼想都覺得理由只有這一個。

「……光人呢？」

「那個，他與黎深二少爺見過面之後，就一直躲在房裡不出來，叫他，他也完全不回答。這下該怎麼辦才好？百合小姐，他該不會心生厭世的念頭，自、自、自殺！」

做事認真，為人親切的總管抽抽噎噎的哭了起來。

「那麼黎深人呢？」

「高高興興的出門去了。」

「這個無藥可救的傢伙！一定是及第之後，跑去找邵可大少爺了。」

百合沒有發現自己不小心以「讓葉」的口吻說話，同時連忙趕去找光。房門雖然上鎖了，但她把鎖敲壞直接闖進去。

「光！你還活著嗎!?」

「百合姊姊……」

光回過頭，才短短一天，整個人就變得憔悴不堪。驀地，他臉上露出自嘲的笑容：

「我的第二春在這兩天已經結束了……呵呵……人生、真的很殘酷……啊哈、唔呵呵……」

「光、光！你振作點！那個笨蛋到底跟你說了什麼!?」

光露出彷彿看見了世界末日般的憂鬱表情，低聲敘述從黎深口中聽到「收留他的理由」。

百合整個人僵住不動。

（居、居然說，因為邵可大少爺撿回清苑皇子，所以自己也要撿個人回來養養，這樣才能體會大哥有多麼辛苦!?黎深你開什麼玩笑，你半點也不辛苦好不好!!）

這半個月來，全心全意努力扶養光的是百合。黎深不但什麼事也沒做，甚至還忘了他的存在。

而且完全沒辦法從黎深對光所說的理由做出「光，你誤會了，其實黎深他呀……」這一類的辯解。恐怕是徹頭徹尾的真實。

黎深確實從來不說謊，但不是每一次都這樣坦誠不諱就可以沒事。尤其黎深這種向來旁若無人的人，所謂的「坦誠」是「旁若無人的坦誠」，根本沒有任何人能夠接受。

把人生殘酷的現實直接擺在光那個笨蛋小孩的面前。

百合閉上雙眼。已經太遲了，沒辦法挽回了。

「……對、對不起，光。那個笨蛋就跟你看到的一樣，完全無可救藥……害你，受到這麼大的傷害……真的，很對不起。」

「百合姊姊……」

「希望你再稍等一下，我現在馬上聯絡願意收留你，而且好好扶養你的人。這次我會負起全責，把你帶到真正可以讓你幸福的地方。我保證。這個世界並不是所有人都像黎深那麼沒良心。真的。」

光一直垂著頭，沉默不語了許久。

百合垂頭喪氣地小心翼翼再次對光說道：

「……或是說，你連一天也不想待在這個府邸？如果是這樣……」

「──百合姊姊。」

光毅然的抬起臉：

「我可以在這裡展開我的第三春嗎？」

「……咦？」

「黎深二少爺確實是、那個，跟想像中完全不一樣，不過──」

光回想起百合在第一天說過的話。

那根本不是什麼愛妳在心口難開，從頭頂到尾巴都是不折不扣的真實。

是沒有弄清楚的自己不對。而且聰明的光固然心情跌到谷底，卻也在得知這個殘酷的事實之後，發現了另一個不可動搖的現實。

黎深二少爺並不是「親切溫柔的大好人」，而是跟百合所形容的一模一樣，是個「個性差勁到極點，又很愛記仇，從來不聽別人的勸告，自我中心主義，鬼還比他像樣多了。真的是一個泯滅人性、遊手好閒，超級沒天良的傢伙。」

（黎深二少爺要是被百合姊姊拋棄，就真——的沒有退路了……）

如果是個「親切溫柔的大好人」，就算被百合姊姊拋棄——應該說，會去注意到如果一開始就是這樣的人，就不會被百合姊姊拋棄這一點才對——或許還有救也說不定，不過假如真如光所看見的話，那就完全沒救了。

（不、不行。一旦少了百合姊姊之後，光是想像黎深二少爺會變成什麼樣子就覺得很可怕！好歹也是半路把我撿回來的人，身為一個人，是不可能看著別人要跌落谷底卻還繼續看著他往下掉。現、現在要做好覺悟，百合姊姊說得沒錯，被黎深二少爺撿回來就只能自認倒楣，在展開第三春的同時，想辦法盡量幫助黎深二少爺吧。）

這麼一來，就可以一直跟百合姊姊在一起了。

這就是絳攸往後命運產生決定性差異的瞬間。

事後聽到百合表示，當時其實是打算把他交給邵可的時候，絳攸簡直是欲哭無淚。這正是每次面對一生重大的選擇之際，總是做出錯誤決定的男人——李絳攸的原點。

「我想留在這裡，想辦法幫助黎深二少爺。」

百合還以為自己聽錯了，於是小心翼翼的詢問：

「留在、這裡……是留在這座府邸嗎？話先說在前頭，你所見到的黎深並不是心情不好之類的，那可是他的本性哦？應該說，那只是冰山一角而已，真的沒關係嗎？你撐得下去嗎？波瀾壯闊、波折不斷，有高山有深谷有地獄的起伏人生會從此揭開序幕哦？以後可是再也不能回頭了哦，現在反悔還來得及，你好好想清楚。」

「唔……百、百合姊姊，請問妳待在黎深二少爺身邊有多久了呢？」

「差不多十五年了。」

「那我也可以試著撐下去！況且……」

「我也沒有地方可去……」光低聲喃道。

這時百合才發覺。到頭來，黎深是什麼樣的人跟光一點關係也沒有。

黎深撿回光的那一瞬間，在這個少年的心目中，黎深就已經成為絕對的存在了。

那一定就像是邵可之於黎深那般……因此，光即使關在房間不出來，卻沒有跟百合以前帶來的那些孩子一樣，哭著逃跑再也不回來。

百合低下頭……黎深，你知道自己究竟幹了什麼好事嗎？

（你有辦法成為這孩子心目中的邵可大少爺嗎？黎深……）

成為值得讓這個聰明又單純，即使體驗過絕望，眼神卻不帶一絲晦暗的少年奉獻出一切的人。

百合的預感是對的。這孩子不管遇到什麼事情想必都會留在黎深身邊吧。

（不過，代價可能就是，這孩子將會不斷的受到傷害……）

如果不是像百合這種隨便敷衍，而是真心想要留在黎深身邊。

無論黎深說了再怎麼難聽的話，百合都不會在意，然而對於希望順從黎深意思的光來說，黎深毫無自覺的冷言冷語，不知道會造成多大的傷害。

彷彿可以預見光即使遍體鱗傷，卻仍然一直留在黎深身邊的模樣。

「……謝謝你，光，真對不起。」

百合用力抓住光的上臂：

「──我明白了……既然你已經做好覺悟，那我也要好好努力。」

光吃了一驚。一起努力的意思難道是──

對了，只要我現在引起百合姊姊的注意，再加把勁──

（或許就可以永遠跟黎深二少爺在一起了！）

雖然是在利用百合姊姊的善良心地，不過在看到黎深二少爺的現狀，這時一定要狠下心來──

光壓抑內心的愧疚，生平頭一次以笨拙的演技假哭起來：

「嗚哇。我、我、要是連百合姊姊也離開……」

「光，不要哭哦，我明白了。」

百合的內心燃燒起猛烈的正義火焰。

那個黎深成為光心目中的邵可大少爺？

（想也知道根本就不可能!!）

一點都不錯，絕對是不可能的。

至少現在的黎深根本沒辦法，完全不行。

為了光著想，如果不先思索各種因應對策，無法就這樣離開。

最有可能圓滿收場的還是新娘人選。

既然光找到了，只要她拚命找一定也可以發現吧。看到光的決心，就算連一絲希望也沒有，還是不能打退堂鼓。

「——光你再等一下，就算翻遍所有草皮，我也會挑選出黎深的新娘，能夠成為你母親的完美女人!!我會盡全力讓你未來過著安泰的日子!!」

光花費了很長一段時間才理解這番話的含意。

「咦?」

誰要挑選誰的新娘?

咦?

(不、不會吧!)

說謊就會遭到報應——正因為生平第一次說謊所得到的結果就是這樣，因此絳攸記取當時沉痛的教訓，從此以後再也不敢說謊話，這又是另外一個故事了。

七

翌晨，光為自己的失策懊悔不已，心情跌到谷底的同時，順便幫盆栽澆水。昨天見到黎深的時候，他吩咐光要幫忙澆水。由於長得很奇怪，光詢問這是什麼植物，而他的回答是「會變出錢的樹」。有錢人果然就是不一樣。

（怎麼辦？怎麼辦？由於我的緣故，害得黎深二少爺跟百合姊姊的關係出現裂痕了！）

兩人的問題是早在出現裂痕之前就一直存在，但對於堅信「兩人其實是兩情相悅」的光來說，則是一直哀嘆自己笨拙的謊言造成了決定性的打擊。

就在這個時候，某處傳來百合的說話聲。

抬頭一看，百合正走在遠處的長廊上。光吃了一驚。

（唔哇，百合姊姊打扮得好漂亮哦，是要上哪兒去呢？）

平常就很漂亮的百合略施脂粉，換成外出時的裝扮，看起來特別美麗。

隨即看見黎深就走在她的身後，光睜大了雙眼。

（難道說，因為兩人要一起出門才會特地打扮!?太好了！原來是要去約會啊！）

光消沉的心情突然振奮起來，躡手躡腳的湊過去，想聽清楚兩人的對話。

「還特地化那麼濃的妝。」

黎深帶刺的一番話讓百合驚慌失措：

「咦？真的嗎？真的很濃嗎？這樣前往年糕紅豆湯店會很奇怪嗎？我完全都不知道耶！我從來沒有以女人的身分跟男人單獨在外面見面嘛。」

「哼，不管妳再怎麼打扮，反正不會有人願意看妳一眼，沒什麼好緊張的啦。眾人的目光大概會全部被妳身邊的男人搶走吧。」

「說得也是，早知道就不用打扮了。」

「我是在諷刺妳啦，聽清楚一點，笨蛋。」

「我知道啊，但也是事實沒錯呀。我並不會在意，所以沒關係。反而是走在你的旁邊我會比較緊張，因為不知道你什麼時候會做出什麼蠢事來……噢——真是的。」

百合細心梳好的髮髻上的髮帶，愉快的隨風飛揚。

「妳很快樂嘛。」

「當然啦，因為可以打扮得漂漂亮亮的出門嘛。仔細想起來，我以前有放過這麼平凡普通的假嗎？不，完全沒有。每次有事沒事就被找回去照顧你——」

黎深抱著很想惡作劇的心態，拉扯不斷飛來飛去的髮帶。

「啊！你做什麼啦!!我好不容易才綁好的耶！現在可沒有時間重綁了。」

「就這樣直接赴約有什麼關係。喂、百合，妳可不要玩弄可憐的鳳珠啊。」

胡說什麼啊？當初不就是你在中間牽線的嗎？百合心想但卻沒有說出口。

想必那一定是黎深第一次為了朋友所做的事情，況且接下來的確是百合的問題沒錯。

「我知道啦。到時不管他說什麼我都會婉拒的……雖然有點可惜。不過，我會好好享受這段時間的。對了，我可能會晚點回來哦。說笑的啦。」

「我看妳已經準備好在外面過夜了嘛？入夜以後，那小子那張臉的影響力確實會變得比較小。」

「笨蛋！你真差勁耶！總之，千萬不能對其他姑娘說出這種話知道嗎!!我要走了！」

百合氣沖沖的走出家門。

——另一方面，躲著偷聽的光臉色蒼白。

是約會沒錯，但沒想到對象是別的男人——而且還是一個讓百合姊姊開開心心出門的人。仔細想想，像百合姊姊那麼漂亮的姑娘，怎麼可能會缺少追求者呢？不過黎深二少爺不但完全不阻止，還小小惡作劇了一下後，目送她出門。

（黎深二少爺你這個大笨蛋！這個時候應該阻止才對！可以用像是「不要去！跟別的男人到紅豆湯店做什麼！」這種我昨天剛學會的，刻意強調效果的倒裝句之類的！這麼一來，肯定可以鏘鏘鏘的揭開另一個故事的序幕!!平常是那種「粗暴的頑皮鬼」，為什麼遇到重要時刻卻什麼也沒做，就這樣乖乖的目送百合姊姊離開！）

光看著看著，只見黎深在思索了片刻之後，吩咐家僕同樣做好外出的準備。

光表情為之一亮。一定是打算追上百合姊姊，從旁干擾約會沒錯。光也連忙幫「會變出錢的樹」澆好水，在府內四處繞來繞去，準備緊追在黎深身後而去——

結果那一天，光在府中迷路了，一步也走不出去。

黎深出門之後，先跟悠舜取得聯絡。

被找出來的悠舜拄著枴杖，同時丟臉的嘆了一口氣，鬼鬼祟祟的躲在木桶店暗處。

兩人視線的前方，正是悠然自得地走向會合地點的百合。

「黎深……我覺得很痛心。你知道這種行為叫做什麼嗎？」

「跟蹤。」

「不對，這叫暴牙龜。語源是在很久很久以前，有個名叫龜太郎的變態——」

「別管什麼變態龜太郎的故事了，你真的一點都不好奇嗎？」

「呃、是很好奇啦……」

鳳珠也一樣，但之前也不能說因為好奇黎深會做出什麼事情來，所以偷偷跟蹤。

「悠舜，鳳珠真的很笨。第一次約會為什麼要約在年糕紅豆湯店啊？那小子有辦法頂著那張臉，好端端坐在年糕紅豆湯店吃年糕紅豆湯嗎？我看即使過一百年也吃不到。」

「唔嗯……」

或許是這樣沒錯，悠舜心想。

「不過，鳳珠的確滿用心的。」

「約在年糕紅豆湯店嗎？」

「咦？黎深，你沒聽過嗎？因為年糕怎麼切也切不斷，所以情人一起吃年糕紅豆湯，據說緣分不會斷，可以永遠過得甜甜蜜蜜，而且紅豆也是象徵吉利的食物。」

「這是哪門子白痴噁心的詭異傳說！沒想到鳳珠是走軟派路線的啊。」

悠舜忍不住噗哧一笑。軟派路線？

「以鳳珠的個性，他應該不知道這麼多……話又說回來，經過打扮之後的百合小姐真是令人驚豔的大美人，路上每個男人都頻頻回頭呢。」

黎深很不是滋味的皺起鼻頭。仔細想想，就連黎深見到「百合」的次數也是屈指可數，反而在到了貴陽以後，每個人都可以理所當然的看見百合。

黎深不禁覺得很不公平。

「不梳髮髻，長髮披肩也很可愛。」

「……哼！等到鳳珠一來，很遺憾的就沒有一個人要看她一眼了。你要知道，鳳珠的存在就是女人的大敵。他是個隨時跟自取滅亡相鄰的可憐男人，所以我跟你才會來到這裡。」

「哎呀，真是感動。那麼一旦發生什麼狀況，你準備出面解圍嗎？」

「胡說什麼？等到事情發生就來不及了。吼，我做事是不會出紕漏的。基於明確預測未來狀況之下，我已經對鳳珠提供一臂之力了。瞧，時間差不多快到了。」

悠舜有一種不好的預感。

很快的，馬路上開始產生騷動。正在井邊閒聊的幾位大嬸指著大馬路的對面，皺著眉頭竊竊私語。帶著小孩的母親們也告誡小孩：「噓！千萬不能看那邊！」然後拉著小孩的手快速離開。

悠舜側著頭。鳳珠出現的時候，會有這種反應有點奇怪。於是他好奇的從木桶店的木桶探出頭來，偷窺瀰漫著詭異氣氛的方向。

當百合抵達約定的年糕紅豆湯店前方時，同時迎面走來一個人。

悠舜一看見「那個人」頓時僵住，腦子一片空白。

拿著枴杖的手不斷打顫。難、難道說——黎深，拜託你告訴我這不是真的。

雖然不知道是怎麼回事，只見鳳珠戴著看起來像隻被壓扁的鳥類面具。

「……黎深……」

「什麼事？」

「……『那個』該不會就是，你所謂的『一臂之力』吧!?」

「沒錯。那是我昨天威脅當代首席名雕刻家雅句，一邊哭著一邊熬夜完成的傑作。」

黎深信心滿滿的抬頭挺胸，一副理所當然會得到誇獎的模樣。

「如何，那麼一來，鳳珠就可以光明正大的跟百合一起吃年糕紅豆湯了。」

「黎、黎、黎深……這是鳳珠值得紀念的第一次約會，看看你做了什麼好事!!」

嘴上說要防範於未然，結果反而是黎深自己不斷製造問題——

可是，悲劇並不僅止於此。黎深刻不容緩的採取怒濤般的追擊。

「那麼，我們也去吃年糕紅豆湯吧，悠舜這個給你。」

「咦?·呃?·這是什麼?·」

面對到目前為止的人生範疇中，完全超乎想像的現實，悠舜耗了一番工夫才好不容易理解。而黎深得意洋洋交給他的物品是——

「……熊貓面具?·」

「我的是橘子面具。我說過我做事絕不會出紕漏的，就算跟蹤鳳珠他們也不會被拆穿。不過，要是悠舜你比較想戴橘子面具，唯獨這一點我是說什麼也不會讓給你的。」

黎深是真正的天才，相處了一個月的悠舜早就明白這個事實。

然而，現在這一刻，悠舜再次確定，自己真的是平凡無奇的普通人。

確定了黎深正是與白痴只有一線之隔，無法以大宇宙標準予以衡量的，真正的天才。

悠舜無法從這樣的黎深身邊逃開，只好接過可愛的熊貓面具。

「……熊貓『比較』好……」

至少還有眼睛，所以應該比橘子好一點……

這一刻，或許可以說是悠舜成為黎深真正朋友的一瞬間。

百合目不轉睛的抬望這個，來到自己面前停下腳步的面具男。

從看到他儀表堂堂，不由分說的撥開人群迎面走來的那一刻開始，她就開始猜想會不會就是他

決定性的重點就是，在冬天的寒風之中輕柔飛舞，有如飄動絲緞般的長髮。擁有那一頭美麗長髮的男人只有一個人而已。不過，本來以為是個優秀的青年，其實也滿不按牌理出牌的。

（真令人意想不到……不、不，既然是黎深的朋友，至少會具備這一面吧。）

百合對於一切事物都是以黎深做為基準。對鳳珠而言，最幸運的一點就是，百合擁有再怎麼離奇古怪的現實，只要不超越黎深之上就照單全收的寬宏大量。

不過是戴個面具而已，比起黎深的個性來得正常多了。況且，被問到「妳真的覺得真面目比較好嗎？」這個問題之際，如果對象是鳳珠，便會不知如何回答。百合是無所謂，但是考慮到周圍人們纖細脆弱的心靈，或許還是戴上面具比較好。總之，目前周圍並沒有出現鼻血直流，因大量出血而被抬走的老公公跟老婆婆。

「鳳珠……是你嗎？」

面具男點點頭，然後一語不發的遞出一朵白山茶。

「啊，謝謝你。」

百合略顯靦腆的接過山茶花。以往都是以「讓葉」的身分生活，從來沒有像這樣被當成姑娘般的對待。不是因為收到鮮花，而是打從內心感到喜悅。

就算對象是個怪里怪氣的面具男，百合也不在意。

（呃，是不是應該先詢問「你怎麼會戴面具」呢？不過、不過，要是問了反而傷害到他怎麼辦？是不是等進了年糕紅豆湯店以後，再聊這些事情比較好？）

百合煩惱不已，因為這也是百合的第一次約會，所以完全不知道應該怎麼做。

想著想著，鳳珠已經推開了年糕紅豆湯店的店門。他沒有先行入內，而是一直等候著她。

「哇哇，謝謝你，呃，老闆不好意思——」

「來——了！歡迎光臨～」

女侍親切的招待百合。看來是間滿受歡迎的店鋪，店內幾乎坐滿了客人。當百合東張西望尋找空位的時候，鳳珠也緊跟著走進來。

「歡迎……」

女侍話才說到一半就中斷了。接下來店內的喧譁聲平息下來，空氣在轉眼間轉為凝重。

（呃？）
（咦，那個人為什麼要戴面具啊？）
（那位姑娘長得真的很可愛，不過……跟在後面的那個人到底是誰……演員嗎？）
（可是這裡是年糕紅豆湯店耶……）
（先不管那個面具，我比較在意那頭輕柔到不行的長髮。）
百合不以為意的找到位在店內一隅的小小空位，拉著鳳珠就坐。
這是一種奇妙的現象，明明沒有跟任何人四目交接，卻可以感受到自己受到眾人的注目。
女侍畏畏縮縮的前來點餐，就像是來了個奇怪的客人——
「呃，兩碗年糕紅豆湯可以嗎？」
百合詢問道，戴著面具的鳳珠停頓了一下，然後點頭。
就在這個時候，又有客人上門。
女侍隨即露出一副天助我也的模樣，帶著滿面笑容轉過頭去。
一轉過頭，立刻僵在原地。
店內全部的客人也鴉雀無聲。
（……熊貓？）
（橘子？）

（為什麼熊貓跟橘子會來年糕紅豆湯店？）

（應該說，你們不覺得橘子面具滿怪異的嗎？橘子竟然有眼睛跟嘴巴……還有眉毛。）

（問題不在那裡啦。）

（喂……今天到底是什麼日子啊？）

拄著枴杖的熊貓面具看似很丟臉的垂著頭，橘子面具則是一副自以為了不起的四處張望。在場所有人本能地察覺到情況不對勁，絕對不能跟這個橘子有所牽扯！自從太古時代以來，唯獨弱者才會擁有的原始直覺發揮了功用。

結果，除了百合跟鳳珠以外的客人逃得一個也不剩。

橘子跟熊貓不管店內一大堆的空位，故意挑選跟百合他們隔了一道屏風的座位。然後，跟逃也逃不了的可憐女侍點了兩碗年糕紅豆湯。

百合當然在兩人一走進門的瞬間，就看穿了他們的真實身分。尤其是橘子。

（哇——黎深你又想做什麼啊……一想到那小子是我的主人，真的很想立刻死了算了，所以還是不要想太多。話說，被迫作陪的悠舜實在太可憐了……）

不過，現在店裡的客人全部跑光了，鳳珠的心理壓力也會減輕不少吧。

黎深偶爾也是會做些好事的。

（等一下，影響到人家店裡的生意，這些損失就由紅家負責賠償。）

調整好心情之後，百合對著鳳珠笑道：

「呃、這個……鳳珠，今天謝謝你約我出來。」

點頭。

「你喜歡吃年糕紅豆湯嗎？我也很喜歡。」

頓了一下，再次點頭。

「……今天是小陽春，天氣很不錯呢。」

點頭。不過，怎麼看外面都是陰天。

百合陷入思索。到底是怎麼了？怎麼完全不說話？

「我把面具拿下來好嗎？」

鳳珠默不作聲，動也不動。百合伸手摘下了面具。

少了面具的鳳珠仍然是美豔絕倫，但跟平日不一樣的是，現在的他面紅耳赤。鳳珠似是避開視線般的把臉轉向一旁：

「……那個，因為妳今天特別漂亮……所以不知道應該說些什麼才好……對不起……」

哎呀——害得百合的臉頰也開始發燙，早知道就不要摘下面具。

百合從來沒有遇過這種狀況，因為身為主人的黎深對百合說話的口氣向來很難聽，所以缺乏免疫力。

「啊、是、是嗎……那個、謝謝你的……誇獎。」

兩人很不自在的面對面，面紅耳赤、忸忸怩怩的沉默不語。

坐在旁邊看的悠舜伸手遮住嘴巴，兩人純真的模樣反而讓旁觀者覺得不好意思。

「哎呀呀呀——這真是……青春啊。看起來好像在相親一樣，感覺真不錯，你的面具發揮了不小的功用呢。」

驀地，悠舜想到，或許這是黎深對妓院那個時候所表達的歉意。

「這兩個人真是丟臉！多少講點話行不行？」

「呵、呵、呵，黎深，年輕人有時候是無聲勝有聲的，只要有愛的話。」

「愛？那是什麼玩意兒？又不是年糕紅豆湯。」

就在這個時候，女侍戰戰兢兢的端了四碗年糕紅豆湯給這群可疑人物。然後很不幸的瞧見鳳珠真面目的她，一下子翻倒了整個托盤，當場昏倒。

四碗年糕紅豆湯飛上半空。

橘子面具黎深「喀啦」一聲抓住其中兩碗，剩下兩碗由鳳珠迅速接住。

兩人隔著屏風對望了一眼，但鳳珠若無其事的將視線轉回百合身上。

就算鄰座坐著橘子跟熊貓，緊張過度的鳳珠也完全不覺得哪裡不對勁。

「請用，百合小姐。」

「那、那我開動了。」

鳳珠跟百合仍然是面紅耳赤，默默的喝著年糕紅豆湯。中途，兩人同時說出「那個……」抬起臉對看了一眼，然後靦腆的笑了，「這家的年糕紅豆湯真好吃。」「是啊，連橘子跟熊貓還專程跑來享用。」諸如此類，極其認真又沒頭沒腦的對話，繼續展開吃著年糕紅豆湯的青春喜劇。

鄰座的黎深推起面具，一邊覺得無聊透頂的喝著年糕紅豆湯，同時也感到不敢置信：

「他們在幹嘛！再這樣下去，真的就是喝完年糕紅豆湯各自回家了！真是傷腦筋。我現在基於明確的事實預測，立刻去改變現狀——」

「哇！你不要多管閒事啦，黎深!!他們兩人就是利用那種方式縮短內心的距離。那才叫做青春啊。就像畫中所形容的一樣。」

「呼——嗯，是這樣嗎？」

「就——是這樣沒錯。話又說回來，百合小姐不愧是你的貼身隨從。哈——不管是看到鳳珠的長相還是面具，真的完全不為所動，願意跟他一起走進年糕紅豆湯店的姑娘大概只有她一個人吧……看來黎深你真的害得她受了不少委屈……」

「你說什麼？」

「沒有，什麼也沒說。我的意思是可以理解鳳珠為什麼會把百合小姐當成真命天女。」

「百合也滿開心的樣子。」

事實上，一旁的百合露出黎深從來不曾見過，屬於少女的表情。

「說得也是，如果可以克服那張臉，其實鳳珠是個打著燈籠也找不到，充滿男子氣概的好男人。只要跟他簡短談過，就連姑娘也會受到吸引。現在這樣，或許可以順利發展也說不定哦。」

悠舜瞥了黎深一眼。

悠舜比較擔心的，反而是眼前這個橘子男。有辦法跟這個不是外在而是內在擁有重大問題的年少天才交往的女性，恐怕比鳳珠來得更少吧。

或許是因為百合小姐順理成章的待在身邊的緣故吧，黎深似乎完全沒有注意到這一點。

「我說，與其擔心別人，你自己又要怎麼辦？」

「啊？」

「我的意思是，如果百合小姐跟鳳珠在一起，往後你會變成什麼樣子呢？沒有百合小姐，你有辦法好好過日子嗎？」

「那當然，之前跟她有兩年時間完全失聯，所以現在也不打算怎麼辦。」

悠舜小小吃了一驚。原來如此。

原本以為少了百合小姐會不會撐不下去，看來並非如此。

「為什麼會失聯呢？」

「……因為大哥回來了……」

黎深低聲喃道：

「討厭到不想見面，可是忘也忘不了，所以到處逃跑，從來沒有回家。」

「？」

「雖然少了人幫我剪頭髮，不過那時候再向鳳珠借用百合一下就行了。」

「啊？你在胡說些什麼啊？黎深。如果那兩人在一起，百合小姐就是鳳珠的人了。百合將來要服侍的對象就會換成鳳珠，你沒有權利要求她幫你做任何事情了。所以不可以再撒嬌了，頭髮就找別人剪吧。」

黎深露出吃驚的表情。

悠舜才覺得不敢置信，看來他到目前為止都沒有想過這一點。要是現在這裡有面鏡子就好了，悠舜感到有點遺憾，不然就可以讓他瞧瞧自己那張像個孩子般驚慌失措的表情。

「那個，雖然遲了一點……恭喜你高中探花及第。」

直截了當的說出後，鳳珠隨即自豪的笑了：

「謝謝妳。不過還有吏部的考試，目前還不能鬆懈下來……由於藍姓官員全數離開崗位，今後可能會很辛苦，所以一定要努力充實自己，竭盡全力輔佐，讓國家更加穩固。」

百合微微一笑：

「請好好加油……真是的，真的跟我的主人有著天壤之別。」

鳳珠的筷子突然打住：

「……那個，說到妳的主人……」

「是的？」

「我想詳細問清楚，他真的是那麼沒用的人嗎？」

百合愣住。他應該很清楚這一點才對呀？當初還拜託黎深轉交信件，黎深總不可能一直沒有說明百合是隨從的身分吧。

才剛側著頭的瞬間，一股宛如遭到雷殛般的戰慄貫穿百合全身。

（難！難難難難道說！難道說鳳珠他……跟光一樣，對黎深還抱著一線希望，以為他「也許真的是個好人」!?）

因為他是個從頭到腳（除了臉以外）都十分正直優秀的青年，恐怕無法相信這個世上會存在著那種表裡都很難伺候，冷酷無情的人也說不定。

百合看向鄰座的橘子。鳳珠之所以對那個橘子視而不見，一定是不願相信那個白痴居然會考上榜眼。這也難怪。就連百合也不願相信。說到榜眼，可是扶持這個國家的菁英中的菁英，備受眾人注目，未來可能成為尚書或宰相的閃亮明日之星，可是居然會是那副德性！就算真是一顆星，也是不斷釋放黑色光芒的那種。

鳳珠跟黎深是同梯，從今以後將會一起入朝為官，而且還是朋友關係。搞不好這段孽緣會持續一輩子也說不定。必須趁著傷口尚淺的時候，告知他真相才行——

（怎麼會這樣？太危險了！實在太危險了！鳳珠太可憐了！）

百合放下筷子，神情認真的點頭表示：

「是的。真的是個不管從哪個角度看，都是個無可救藥、沒心沒肺的人。雖然我長年服侍在他身邊，該怎麼形容呢……老實說，我從來沒見過像他那種泯滅人性、遊手好閒、超級沒天良的人。」

此時從鄰座傳來「啪喀啪啦」聽起來像是折斷筷子的詭異怪響，視線一隅則映入熊貓悠舜坐立不安的模樣。

百合完全不在意。比起黎深要白痴，鳳珠的前途重要多了。

「天上天下唯我獨尊、桀驁不遜、行徑陰險卑劣到了極點，黑道幫派還比他像樣多了。心眼之邪惡堪稱人類史上絕無僅有，一旦被他逮到把柄，到最後連想要過著正常生活的最後一線希望也會完全破滅。別人的東西是我的，我的東西是我的這種與生俱來，不可一世態度是永遠也矯正不過來的，目前為止，從來沒有一個人被他盯上而能夠僥倖逃出。」

鳳珠不敢置信，根本就跟黎深一模一樣嘛！

（沒想到天底下擁有那種個性的會有兩個人!!）

「那、那妳也是無法逃跑才會一直留在那個人的身邊嗎!?」

「不要緊，我早就放棄了。況且要是沒有我，被害範圍只會更加擴大。」

百合忽然泛起略顯憂愁的淒涼笑容：

「說到他唯一的優點，就是不會對婦女小孩動粗，頂多就是拉扯頭髮，冷嘲熱諷而已……」

悠舜冷冷的看向黎深。黎深佯裝不知情，繼續喝著年糕紅豆湯。

「什麼頂多而已！怎麼可以對姑娘家做出這種事情！這個男人簡直就是差勁透頂!!」

「是啊，一點都不錯，真的是無藥可救了。這下你明白了嗎？」

「妳應該立刻離開那個男人!!不然妳這輩子就完了。」

「不，早就已經完了，事到如今我已經無計可施，一籌莫展。」

「——我明白了，我來想辦法，一定要把妳救出來!!」

「什麼!?」

百合嚇了一跳。

要想辦法對付黎深!?

「不可能！絕對不可能!!絕對會遭到慘無人道的反擊的!?」

「不，既然妳有困難，說什麼我也不能丟下妳不管。」

「不行，太危險了，你有這分心意就夠了。」

「另外再請問，妳接下來還有別的事嗎？」

「呃，我要去花街幫主人辦點事……」

「妳瞧！妳就是太過習慣那個蠻橫無理的主人，所以根本不知道自己有多麼不幸!!像妳這樣的姑娘，居然年紀輕輕就必須為了一個笨男人賣身！」

話說到此，百合終於開始覺得好像有點不太對勁。

（……賣、賣身？）

「我明白了。五天——給我五天的時間，我會盡量籌措大筆金額，一定要把妳從那個冷酷無情的男人手中贖回來!!」

鳳珠正式宣誓完畢之後，戴上面具，從年糕紅豆湯店飛奔而出。

百合呆坐在原地。

「？？？」

到底發生了什麼事？

鄰座傳來啜著年糕紅豆湯的聲響：

「黃州是以經濟能力見長的商人之都，也是全商連的發祥地。位居龍頭的黃家一旦有心籌措資金，這筆金額勢必是天文數字。如果是單純可以立即動用的動產部分，或許會超出紅家之上。搞不好，紅家的現金會因為妳的緣故暴增兩倍也說不定。」

「黎、黎深……那個，我該不會，做了什麼天大的事情吧？」

黎深一手托腮，看著百合：

「妳不是覺得那小子比冷酷無情的主人好太多了嗎？就讓他拿錢幫妳贖身，嫁給他算了。」

「……啊？咦!?什麼!?剛才那番話是這個意思嗎!?」

「不就是妳搧風點火的嗎？反正妳又不討厭鳳珠。」

「話、話是這麼說沒錯啦，可是我的家世背景——」

「我來想辦法，就當作是對妳的餞別好了。我會設法不要給鳳珠跟鳳珠的老家添麻煩。接下來，妳只要閉上嘴就行了。」

「……可是我——」

「妳打算離開紅家去找『那個人』對吧？」

百合倒抽一口氣。黎深以冷漠的目光觀察百合的反應：

「一見到那個人，他會殺了妳的。我知道妳已經做好覺悟，但為了見上一面而犧牲生命，根本沒有任何價值跟意義可言。與其專程跑去被那個人殺掉，不如嫁給鳳珠，反而可以過著更有意義的人生，可以跟紅家還有我斷絕關係，也可以盡情的彈奏琵琶。」

百合瞠大雙眼，然後打從心底發出低喃：

「……真是不錯。幸福得好像在作夢一樣，尤其是可以跟冷酷無情的少爺斷絕關係。」

「妳多少也該稍微表示感恩惋惜吧！」

「我是說真的嘛。嫁給鳳珠嗎？這樣的未來景象似乎太過美好了。」

百合略顯羞怯靦腆，凝視著鳳珠送她的白山茶：

「先當個朋友，從通信開始好了。」

「這種交往方式未免太龜速了吧。」

悠舜看向黎深，還是跟往常一樣沒有變。

「決定了，六天後我就借用某家妓院，扮演一個冷酷無情的主人，妳先做好安排。」

「不用演，按照平日的表現就行了，說不定一演就變成了好人。」

「吵死了！話先說在前頭，我可是不會給妳半文錢的，而且還要從鳳珠那裡多榨取一些便利隨從的贖金。」

簡直就是無賴，百合心想。怎麼看都覺得除了無賴以外什麼也不是。

「我說你啊，講話直接就算了，遇到心儀的姑娘可千萬不能用這種口氣說話啊。如果不溫柔一點會被甩掉的！」

「幹嘛突然講這些有的沒的。」

「我接到報告，說你老是弄哭邵可大少爺的千金。」

黎深嚇了一跳：

「妳怎麼知道!!」

「玖琅告訴我的。女孩子家的心思總是比較纖細，如果你想做什麼就做什麼，想說什麼就說什麼，真的會被討厭，而且會被嚇得逃之夭夭，所以一定要小心翼翼的細心對待才行。」

黎深似乎有過親身體驗，只見他驚慌失措，臉色蒼白。

百合面露苦笑。反應跟邵可大少爺的時候一樣，黎深只要真心喜歡，就會非常非常的珍惜，甚至不敢碰觸。不會像對待百合那樣的態度，所以完全不用擔心。

「黎深，為了感謝你給我自由，最後我再告訴你一件事。你這個人雖然沒有任何優點，但只有琵琶彈得非常棒，下次再弄哭秀麗小姐，就彈奏琵琶試試看，她一定會喜歡上你的。」

黎深就像換了一個人似的，乖乖的豎耳傾聽，頻頻點頭。

「那麼，我要到花街去了。現在該做的事情增加了，動作得快點。」

「百合，妳到花街是要做什麼?」

百合抿嘴一笑:

「祕密，到時候你就知道了。」

得趕快製作一本黎深新娘兼光的母親人選名冊才行。

然後，在第六天來臨之前，離開。

雖然黎深那麼說，但絕對不能造成鳳珠的困擾。黃家是絕對沒辦法的。無論黎深再怎麼捏造家世背景，如果那種程度就能敷衍過關，當初玉環大人就不會把我幽禁起來，也不會把我當成男孩子扶養長大了。

『妳只能為紅家生，為紅家死。這是妳唯一的人生。』

百合已經累了。

八

「歡、歡迎……回來，百合姊姊。」

「哎呀，光。你怎麼了？怎麼累成這樣？」

一整天在塔奴塔奴妖怪的府邸繞來繞去，一直走不出去的光，好奇地詢問今天的情況如何。想也知道一定是失敗收場。

「今天的約會好不好玩呢!?」

「哎呀，你聽誰說的？唔嗯，很開心，年糕紅豆湯也很好吃。」

居然是大成功!?不過光仍然不死心：

「那、那有見到黎深二少爺嗎!?」

「有啊，他跟朋友坐在隔壁位子一起吃年糕紅豆湯。」

隔壁!?跟朋友坐在隔壁位子吃年糕紅豆湯!?這麼一來，不就完全沒辦法進行干擾了嗎？

光還是不死心，繼續追問：

「那、那有跟黎深二少爺說話嗎!?」

「我告訴他如何跟喜歡的姑娘相處。」

「什麼!?」

哪有這樣的！

「對了，光。你覺得什麼樣的人來當黎深的妻子比較好？」

光吃了一驚。這裡就是決勝關鍵。光握緊拳頭，全神貫注竭盡全力大喊出聲：

「跟百合姊姊一樣的人比較好!!」

「我？跟我一樣啊……呼嗯，我明白了。那我盡量找跟我比較接近的人。」

「不、不、不是——我不是這個意思——」

但百合陷入沉思，頭也不回的走進自己的房間。

自己為什麼不說「百合姊姊比較好」啦!!

光完全不知道該怎麼辦才好。

從此以後，光每天都是悶悶不樂的幫忙澆水。

黎深則是每天開開心心的出門（一定又是去找情婦），百合姊姊也同樣是神采奕奕的出門。兩人明顯的漸行漸遠。

（自從黎深二少爺回來的那一天開始，百合姊姊就每天收到某人寄來的信。）

他也知道，百合姊姊每次都緊張兮兮的不讓任何人看到，一個人偷偷讀信。

而且，從那一天開始，每次出門都會打扮得很漂亮。

每天有人不斷捎信，特地打扮之後出門。理由只有一個。

（百合姊姊另外有了喜歡的人，正在跟某人約會!?）

而且黎深二少爺不但每天準時往情婦家報到，甚至還會徵詢百合姊姊的意見。這下完全沒救了，會被百合姊姊討厭也是沒辦法的事。她之所以考慮另外幫黎深二少爺找個新娘，自己開開心心的嫁給別人也是理所當然的——

光猛然回過神來，用力搖頭。要是連自己也放棄，那怎麼行——

（不行，再這樣下去，情況只會愈來愈惡化！）

在那一天，光立下重大的決心。

自己要負起責任，想辦法突破這個現狀！

（因此首先要掌握現狀，就算扮黑臉也在所不惜！）

就這樣，光決定先偷偷跟蹤黎深，確認他究竟是被哪裡的「狐狸精」迷得神魂顛倒。

●　●　●　●　●

翌日，光努力的緊跟在黎深身後。

當黎深一抵達某座大宅邸後，不知為何，開始在屋外四周繞來繞去，行動很可疑。

（怎麼不進去呢？咦？好像開始偷看裡面了。）

只見他拚命把臉貼在坍塌的圍牆縫隙，想要偷窺裡面。

大概是什麼也看不到吧，黎深一臉掃興的踢了圍牆一腳，然後又開始繞來繞去。

（嗯？好像拿了什麼東西給門房……啥、銀兩!?拿錢賄賂對方打探消息！）

想也知道，一定是情婦的情報。沒想到會行賄拉攏對方！

（真是心術不正！）

不、等等。既然不能光明正大的見面，該不會不是兩情相悅而只是單相思吧？這麼一來，只要對方甩掉黎深二少爺，他或許就會重回百合姊姊的身邊了。

繼續跟蹤下去，發現黎深做出令人不敢置信的行動。看他拿出工具，竟然開始在牆上鑽洞，挖了一個偷窺孔，而且手法還很熟練。

(居、居然在別人家的牆壁隨便鑽洞！)

惡劣，太惡劣了。真差勁，雖然心裡多少有點底，但沒想到會是個惡劣到極點的人！

正在發呆之際，四處巡邏的捕快正好發現了行蹤可疑的黎深，隨即大喊「喂！」然後揮舞著長槍緊追過來。這是理所當然的反應。沒想到黎深不但不怕，還「嘖」的咂嘴一聲，慌慌張張的逃之夭夭，簡直就跟小偷沒兩樣。

「……」

目睹了「黎深二少爺」的真面目之後，光無力的垂下肩膀。

沒、沒想到竟然是這麼差勁的一個人——

(就算另外替他找新娘，一定也會馬上逃跑!!)

驀地，圍牆另一端傳來孩童的可愛笑聲。

光好奇的把臉貼向黎深剛才偷看的位置。

(唔——嗯。被樹木擋住了……啊，自己走過來了。)

一個年約三歲的可愛女娃，正在跟一個比光年長的少年踢球。

(……黎深二少爺迷上的人……應該不是……那個小女孩吧……)

就在這個時候，一名絕世美女現身了。擁有一頭烏黑柔亮的秀髮，令人驚為天人的大美人。

(啊、就是她！一定就是她沒錯。)

確實是足以把黎深二少爺迷得神魂顛倒的美女，可惡——

（可是、可是百合姊姊也很漂亮啊！）

請妳一定要甩掉黎深二少爺，光開始傳送念力。黎深二少爺是個冷酷無情的人，跟他在一起絕對會吃盡苦頭，還會過著很不幸的生活，所以千萬不要喜歡上黎深二少爺。

（……哎呀？這麼一來，如果百合姊姊跟黎深二少爺在一起，也會變得相當不幸？）

聰明的光察覺到一個不該察覺的事實。

忽地，又有一個人進入視線當中。是一個比黎深二少爺稍微年長的男人，然後這幾個人就這麼愉快的玩了起來，到這裡為止，光開始有種不好的預感，看起來就像是親子同樂的畫面啊，才剛這麼想，小女孩就開始喊著美女「母親大人」。

（咦？那個女人原來是已婚婦女？這麼一來，黎深二少爺就是……）

愛上有夫之婦!?

光受到一股彷彿被落雷直接命中的打擊。原來、原來是這麼一回事。黎深二少爺之所以行賄門房，一定就是在打聽這家老爺在不在家。

光面色鐵青的搖搖晃晃離開。怎麼辦、怎麼辦——

居然去破壞那麼幸福溫馨的家庭！

（那個看起來有點脫線的老爺，跟那個可愛的小女娃一定不知道這件事！）

不、等等。自己的壞習慣就是太過武斷結果卻造成誤會，說不定黎深二少爺只是暗戀別人的老婆罷了。

現、現在應該採取的行動是——

光下定決心，走到門房身邊高聲問道：

「請、請問夫人在家嗎!?」

「你這小鬼是打哪來的啊?快滾、快滾！」

這時，給了正要趕人的門房一記掃堂腿，讓他跌了一大跤又踩了他一腳，接著再把他踢到馬路對面去的，正是那位美麗的夫人。

「唔嗯，夫人我在家，我家門房得罪了。你有何貴幹?少年。」

近距離一看，是個魄力十足的美女。不過笑容看起來像個孩子一般很開心、很溫柔。

於是光直截了當說出口：

「夫人！絕、絕、絕對不能外遇！千萬不可以玩火自焚！平凡的日子固然無趣卻是最幸福的！況且我家的黎深二少爺真的很糟糕，絕對不是夫人應付得來的！不好意思，我認為除了百合姊姊，沒人有辦法治他!!不管黎深二少爺說了什麼奇奇怪怪的話，請妳完全不要理會。不然，百合姊姊要是嫁給別的男人，黎深二少爺的前途鐵定是一片黑暗!!請妳好好珍惜妳的夫婿跟小孩，千千千萬不要出軌，求求妳了!!」

光說完想說的話，隨即頭也不回的跑開。

「夫人」愣怔的目送光離開，這時身後傳來冷冷的聲音：

「……呼——嗯，我的夫人有外遇嗎？」

「我哪裡找得到有辦法不被你發現的外遇對象？真要有這麼一回事，現在全貴陽大概會因為一樁離奇密室殺人慘案而鬧得滿城風雨。」

「意思是如果找得到對象，妳就來真的嗎！」

「哎——喲！吵死了，邵可！剛才不就是黎深收留的孩子嗎？唔嗯……總而言之，他的意思是說，黎深跟某家千金小姐正在祕密交往當中嗎？那一定要去看好戲！」

「某家千金小姐？不可能！」

邵可一笑置之：

「全天下只有一位姑娘有辦法接受黎深。不過，她不可能在貴陽——不、等等，剛剛那孩子是不是提到了『百合』？」

「是啊，我目前還沒有見過面，應該就是那位『百合小姐』吧？就是『那個盆栽』……」

邵可臉色不變：

「這是怎麼回事？我並不知道她也來了貴陽，而且不是以『讓葉』的身分，而是『百合』？黎深到底在想些什麼？一旦把她帶到貴陽——」

薔君抬望夫婿，嘆了一口氣：

「……你真是個呆頭鵝耶，邵可。」

（啊～～傷腦筋，根本就找不到嘛——）

百合走出姮娥樓，今天一樣毫無斬獲。

哪還有閒工夫好好彈奏琵琶。每天忙著寫信，盛裝打扮到每家妓院，託人代為蒐集情報，不過怎麼樣就是找不到新娘人選。

之前輕鬆的克服了數道難題，但現在可說是人生最大的難關。

（唔唔唔，紅家家世再加上榜眼及第，就算擺著不管，應該也會有一大堆人上門提親呀!!）

結果連半椿也沒有。就算透過妓女們向那些吾家有女初長成的老爺提起這個話題，卻被對方以堅決的態度嚴加拒絕。

肇因就是來自黎深在預備宿舍引起不計其數的惡行惡狀，看來眾人一致認為，只要跟紅黎深結為親家，這輩子鐵定完蛋。事實上確實也是如此，想也知道沒有一個人願意讓那個大魔王成為自己的女婿。

（看來，只好放棄朝廷這個管道了……下次試著向商界那邊打聽好了。只要利害關係一致，或許有人可以忍受黎深的個性。不對，是不是應該先跟藍家取得聯繫比較好？那個家族子女眾多，三胞胎也很習慣惡人，應該是可以找到最有可能成為黎深新娘的人選吧。一開始，先在不被藍家發現的情況下安排相親——這麼一來，或許會有希望吧。玖琅，就算我不在，你也要加油啊～）

驀地，百合在大馬路上看見熟悉的少年，目不斜視的奔跑過去，於是出聲喊住他：

「光？你是光吧？發生什麼事情了？」

「百合姊姊！」

不知為什麼，光滿臉淚水跟鼻水。

「百合姊姊！黎深二少爺真的是無可救藥了。」

「啊哈哈，就是啊，我早就知道了。怎麼了？是不是黎深又對你說了什麼？真對不起。」

「請妳不要放棄他。」

百合張大雙眼。

「黎深二少爺是不能沒有百合姊姊妳的。我知道，對百合姊姊來說，黎深二少爺根本不是理想的對象，但是黎深二少爺只有百合姊姊妳一個人而已。一定是這樣沒錯。我覺得百合姊姊最適合成為黎深二少爺的新娘，我只要百合姊姊妳來當我的母親，或許在一起會吃苦也會過得很不幸，但是我想要跟百合姊姊在一起，求求妳哪裡也不要去。」

「光——」

百合吃了一驚。

不知不覺間，數名男子有如影子般圍繞在他們四周——是高手。

哭得抽抽噎噎的光還沒有發現。百合面色蒼白，咬緊嘴唇：

「……光，對不起。我們就在這裡道別了，黎深就拜託你了。」

「咦——」

百合把某個物品塞到光的手心，然後一記手刀擊向他的脖子。

九

被潑了一桶水之後，光清醒過來。眼前看見的是——

「黎深二少爺！」

「你沒事躺在大馬路上做什麼？」

光隨即整個人跳起來，環顧四周，沒有人。

「黎深二少爺！」

「吵死了，不要對我大呼小叫的，我的聽力很好，到底發生了什麼事？我記得已經這把扇子交給百合了。」

這句話讓光看向不知何時握在手中的扇子：

「百合姊姊她——」

聽到他說明的瞬間，黎深臉色丕變。

那是光從來不曾見過的可怕表情。

百合竭盡全力在馬路上奔跑。

（既然被發現了——也沒有辦法，但我絕對不能在見到那個人之前被殺!!）

趁隙逃走固然運氣不錯，但對方是武功高強的刺客，根本沒辦法逃出對方的追殺。

由於把黎深的摺扇交給了光，所以「影子」也不會來保護她。

（這麼一來只好豁出去了，見到那個人的時候一定要抱怨個幾句！）

百合在腦海裡復習著玉環繪製的王都地圖。之前去探望黎深的時候，已經順便確認過地圖的正確性了，幸好有事先查看過。

通往王城內部的捷徑有好幾條，距離這裡最近的是——

（前往仙洞宮的那條！）

這個時候，劉輝又來到仙洞宮的池塘邊。內心抱著些許期待，不知道那個溫柔的大姊姊會不會再次出現？不過，他已經不再從池塘觀看王兄了。每天三餐按時吃飯，在邵可的指導下努力用功，利用閒暇空檔，每天抽出一點點時間來到這裡。

就在這個時候，某處傳來微弱的聲響。

劉輝豎耳傾聽，同時走向聲音傳來的位置。撥開草叢，看見一座小小的祠堂。那是安置在仙洞宮周圍的其中一座祠堂，聲音就是從那裡傳出來的。

「？」

劉輝不經意的湊上前，結果祠堂大門突然從內側撞開，供品全部飛了出來。而且沒想到還伸出一隻人手。

「——!!」

有鬼!!大白天的居然會鬧鬼！劉輝嚇得連一聲也吭不出來。

只見手不斷揮動，然後又探出一顆頭，最後整個上半身鑽出來。

「……終於到了!!這裡、這裡也太窄了吧!!差點沒抓狂，唔——腰好痛！全身都是泥巴好噁心！啊啊空氣真新鮮——呃，哎呀？」

百合看到幾乎要哭出來的劉輝，微微一笑：

「唔呼呼，比之前稍微胖了一點，看來三餐有正常吃哦——乖孩子！」

原來這位大姊姊是神仙啊!!劉輝堅信不移。要不然也不會突然從祠堂中冒出來。

仙女面帶微笑表示：

「那麼劉輝皇子殿下，我想見你的父王，你知道他人在哪裡嗎？」

感應到氣息，坐在王座的戩華王下令所有人迴避。

這一瞬間，已經有很長一段時間不曾使用的暗門被推開，傳來一陣聽似不敢置信的嘆息聲。

「……你是不是平常都不看自己的兒子啊？劉輝皇子居然反問我：『我的父王是誰？』麻煩你告訴我，做『姑姑』的應該怎麼回答才好。」

戩華王牽動一邊的臉頰笑了：

「妳跟我的父親也不是什麼好東西。沒辦法，這就是血緣關係，妳還是死心吧。」

「真差勁。這就是你面對初次見面的異母胞妹所說的第一句話嗎？『王兄』？」

戩華王目不轉睛的盯著第一次見面，年紀相差一大截的胞妹。

百合也看著初次見面的兄長，然後不情不願的承認一點。

（……我哥哥確實是個沉穩帥氣的男人。）

好看的只有皮相而已，個性則是糟糕透頂。因為他殘殺手足兄弟，以做為殺雞儆猴的犧牲品。

「妳怎麼全身髒兮兮的。」

「哦——還不都是被某人派來的刺客追殺，只好展開一場大冒險。」

「妳是『玉環的女兒』嗎？」

百合的下顎一震。

「玉環是個聰明的野心家，因此只有妳逃過一劫。讓葉嗎?·這名字真有意思。」

讓葉——「老舊的樹葉讓位給新生的樹葉，因而得名的樹木」。

百合是玉環與先王陛下所生的女兒，也是與戩華王擁有一半血緣的兄妹。

真正繼承了蒼玄王血統的女兒。

「玉環原本打算逼迫我下臺，拱妳出來成為女王，所以才會離開王城。」

繼承了王家血脈的女孩大多送往縹家，如果擁有才能就以巫女的身分終生留在縹家，如果沒有就各自安排出嫁到各家——不過，玉環拒絕了這兩者。

玉環發現到在特殊狀況之下，女人也可以登上王座。因此，將百合幽禁在紅州的鳥籠之中加以栽培，徹底避開縹家的耳目，不讓她成為巫女。

「玉環是相當優秀的政治家之一，正因為有那個女人，紅家才有辦法苟延殘喘到現在。她安排邵可成為妳的夫婿，由妳成為女王，紅家在幕後掌握最高權力。這劇本寫得真好，並不是那種荒誕不經到讓人嗤之以鼻、可笑至極的白日夢，而是很有可能實現的夢想。」

「所以你才會在這之前殺了母親大人。」

百合目光陰沉的低聲喃道。

戩華王挑起一邊的眉毛：

「怎麼？妳就是對此懷恨在心才會找來這裡嗎？妳準備殺我嗎？」

「不是的。母親大人在這場戰爭當中輸給了你，失敗的一方付出性命也是無可厚非。而且前任宗主大人也不具備跟母親大人相當的能力。我——我只是想來見你一面而已。」

百合看著唯一的兄長。

把可能繼承王位的人選全部殺害殆盡，因而登上王位的殺戮霸王。

「玉環母親大人跟前任宗主大人已經不在了，邵可大人又聽命於你，而黎深那種個性跟野心完全沾不上邊。這麼一來，我、我在想，不知道以後應該怎麼辦才好？」

戩華王定睛凝視百合。

「只要我不離開紅州，紅家就會保護我一輩子不會落入你跟縹家的魔掌。可是，這樣下去我這一生算什麼？待在安全的鳥籠當中，傻傻的過完一生嗎？」

百合失去了存在的價值。

玉環死了，黎深成為宗主，然後——百合的生存意義就消失了。

幾乎無人知道百合是玉環的女兒，當時玉環生下百合，在場的人全部遭到殺害。玉環的原則就是王牌要徹底隱藏到底，塑造出「讓葉」跟「百合」兩個身分也是出於玉環的計畫。以「讓葉」身分輔佐紅家，磨練其處理政事的手腕，也可以做為「百合」的偽裝，又能對紅家有所幫助，可說是一石三鳥。同時逐一布局，將「百合」許配給長子邵可，讓周圍的人認識到「百合」的存在，必要時可以藉由兩人的婚姻鞏固一族不至於引發紛爭。玉環的計畫十分周詳縝密。

然而，由於玉環猝死，一切就成了一場夢。

對紅家而言，現在的百合只是一個燙手山芋。

無論是「百合」還是「讓葉」，在紅家看來已經不具備任何價值。

邵可已經娶了妻子，也生了女兒，過著幸福的生活。黎深原本就不需要「讓葉」，如果黎深繼任宗主，也不需要輔佐玖琅。而且玖琅是個性最認真的，所以不用擔心。

自己的容身之處以及活下去的目的，沒有了。

所以，她開始思索。算了，她真的好累，想想最後有沒有想做什麼事。

「……對了，記得我還有一個哥哥。相傳只要發現王位繼承者無論男女格殺勿論，沒心沒肺的兄長。雖然根本沒有什麼手足之情──反正也沒見過面──可是，總覺得，想要見一面。看看到時見了面之後，我會有什麼感覺，你又會是什麼樣的表情。所以我離開紅州，厚著臉皮跑來。」

百合緩緩走上通往王座的階梯。

一步一步，來到年紀相距甚遠，有生以來第一次見面的兄長身邊。

戩華王帶著一臉興致盎然的表情看著百合的舉動。

百合站在戬華王的面前，伸出手拉扯他的長髮。

「不要亂拉，會痛。」

「……哇。這種微鬈的髮質，跟我一樣……真討厭，果然是兄妹沒錯耶……」

百合黏在戬華王身上摸來摸去，戬華王露出不悅的神情：

「妳是怎麼回事？變態嗎？」

「因為或許是這輩子最後一次了，所以想把能做的事情全部做完。」

「那我也有這個權利才對。」

戬華王伸出粗糙的大掌，撫著百合的臉頰：

「妳是專程來送命的嗎？」

在戬華王的手中，百合的雙眸滴下盈眶的淚水：

「因為，我不知道其他還有什麼事情可做。」

「妳會不會太幼稚了？」

「因為你曾經下令邵可大少爺暗殺母親大人。」

「啊啊，沒錯。不過在我下令之前，邵可就主動表示要去暗殺玉環。」

「邵可大少爺一定有提出交換條件，也就是要放過我一馬對不對？」

戬華王筆直凝望近在眼前流淚的妹妹。

然後，戩華王以深沉的聲音說道：

「——一點也不錯，所以才沒有對妳動手。」

遭到前任宗主逐出家門的邵可，在歷經漫長的旅程之後，才一回到家玉環就亡故了。

當時不在府邸的百合，接獲這個消息之際，想起邵可說過的話：

『總有一天絕對會把妳從紅家的鳥籠放出來的……』

然後，在見到邵可那個宛如釋放了小鳥般的微笑，百合就明白了一切。

邵可不僅保護著黎深跟玖琅，也保護著百合。

——可是，她要的並不是這樣的保護，為什麼總是擅自決定呢？

「我問你，為什麼你跟邵可大少爺都這麼殘忍？真的很差勁耶。」

一眨眼，眼淚就撲簌簌的流下。

「我不會原諒殺了母親大人的邵可大少爺，也不會原諒你。如果連我都原諒你們，那麼被殺的母親大人就太可憐了。可是，我卻沒辦法憎恨邵可大少爺跟你。如果真的抱著恨到非殺了你們不可的心情，或許這輩子還可以過得有點目標也說不定，可是就是沒有。況且，我也沒什麼親人，想到只有一個哥哥而已就懶得動手了。剛才是騙你的，其實啊，我從小時候就一直想要見你一面。我真的……好累。」

百合抱著自暴自棄的心情，把臉埋在人人聞之色變、殘暴無情的霸王頸項，低聲啜泣。

戳華王不敢置信的嘆了一口氣，摟著百合似是安撫般的拍拍她的頭：

「……妳愛上邵可了嗎？真是個傻丫頭，他可是最差勁的男人吶。」

「我知道。他在暗殺母親大人之後，就主動開口說要解除婚約。不負責任，差勁透了，我根本不想見到他。每次把他那兩個弟弟丟給我以後，就跑得不見人影。想說不知道現在雲遊到哪裡去了，結果帶了個無可挑剔的絕世美女跟可愛女兒回來，真是讓人瞠目結舌。那個人怎麼這樣啊，根本就不了解我的心情，就算我自暴自棄，想要一死了之也不能怪我吧。」

緊揪著戳華王不停的抱怨。

邵可明白，殺害玉環的邵可是無法娶百合為妻，而百合也不會原諒邵可，所以才會解除婚約。況且邵可本來就對她這個未婚妻感到十分內疚，「這麼一來妳就可以嫁給喜歡的人了」，這個笨到極點的呆頭鵝。

「真的，好累，又不知道以後該怎麼辦才好。啊──啊，不過我的侄兒劉輝皇子很可愛，完全看不出是你的小孩。」

「每個人都這麼說，我聽都聽煩了。不然，妳乾脆就留在後宮照顧劉輝好了？也可以盡情的彈奏琵琶。」

「你不殺我了？」

「事到如今殺妳一個人有什麼用？麻煩死了。我也沒有那麼無能到會被妳一個人所殺，想要王位的話，等我死後再努力看看，妳應該可以成為一個賢明的女王。」

「哦？那麼，剛才的刺客是誰派來的？不是你嗎？」

「應該是縹家吧，妳之前曾經跟劉輝一起在仙洞宮池塘邊閒晃對不對？那裡是縹家的地盤，就是因為這樣才被發現的。所以，紅黎深才會那麼緊張的衝過來。」

「為什麼？」

「那個家族相當執著，一旦被縹家認定必須成為巫女，跟嫁到其他家不同，很有可能永遠再也見不到面。」

「可是縹家不是會送來一大筆錢嗎？黎深一定會很高興才對吧。」

戩華王訝異的看著哭得鼻水直流的妹妹：

「……妳也不要一直說邵可的壞話，總要做個選擇吧。」

「？？？」

「好了，差不多要來接妳了。」

「接我？」

通往王座的門扉另一端開始傳來一陣騷動。「站住！」「哇——魔王出現了！」「完蛋了，我有把柄在他手上啦——」「不要逃啦，笨蛋。」「長官，要是夫人知道那件事情！」「哇啊——不要說了！」諸如此類的大喊大叫。

就在百合吸著鼻水之際，王座大殿的門扉被踢破了。

「百合!!」

「咦?黎深，你來這裡做什麼?」

「這才是我要問的!妳是白痴啊!趕快回家啦!!」

「不要!」

百合緊緊摟住戩華王。

黎深憤而抓著百合，想把她從國王身邊拉開。

「什麼不要!?妳到底在想什麼啊!」

「吵死了!只不過是提早斷絕關係而已，我在紅家的人生已經結束了。從此以後要留在這裡彈琵琶度過餘生。對了，我已經做好了你的新娘人選名冊，就擺在我的房間。你就仔細看過一遍，然後跟對方相親，挑選一個好姑娘，因為你的新娘以後也要成為光的母親，所以要慎重一點。名冊我也寄了一份給玖琅，接下來就只要每天相親就行了，好好加油吧。再見了。」

「什麼新娘!?誰要這種東西!妳是在鬧什麼彆扭啊!!」

「才不是鬧彆扭。你聽清楚了，按照常理來看，我能夠悠哉過完一生的場所只有三個。藍家、紅家、後宮。可是藍家已經有很多妻妾，所以不會娶我，而玖琅也已經有了很好的對象，剩下來的選擇只有後宮了。」

「鳳珠就算了，如果讓妳跟著這個傢伙，那倒不如我來娶妳！」

「不要，那我一輩子不就一片黑暗!!絕對不要。」

「妳、妳說什麼！」

「我說我要留在這裡，你就當我嫁給戩華王好了。」

「妳有毛病啊!!這男人不是妳的哥哥嗎?而且還是有史以來，最差勁的男人耶！」

「有什麼關係，我已經奉陪你這個大惡人二十年了，早就習慣了，反正我的男人運就是這麼一回事，我早就看開了，哪天會被殺也不會後悔。」

黎深正面瞪視戩華王：

「混蛋，你到底對百合說了什麼!!我大哥也好、百合也好——你到底要利用我身邊多少人才甘願!到底夠了沒!視情況而定，你就等著我正式向你宣戰!!」

百合大吃一驚，回過神來已經甩出一巴掌：

「笨蛋!!紅家宗主不可以隨隨便便說出這種話!!記清楚了!!」

戩華王嘆了一口氣：

「看來這個屁股一直黏著蛋殼的小鬼，暫時還需要人照顧。妳回去吧。」

「怎麼這樣！我話都說得這麼絕了，現在叫我拿什麼臉回去！」

「什麼臉都行，回去吧，回去確認妳是不是真的毫無容身之處。如果沒有，下次就進宮來，我會命人安排妳的生活起居。」

黎深忿忿不平的瞪視戩華王。

戩華王嗤之以鼻。先前在國試中，在答案卷上大剌剌的寫著「我才沒興趣在你這傢伙的底下做事!!」的人，偏偏喜歡上自己的妹妹，實在是很好笑。

戩華王拉開緊摟著自己脖子的妹妹，粗魯的推向黎深。

「百合。」

第一次聽到兄長呼喚自己的名字，百合一驚。

「妳知道百合這個名字的含意嗎?」

「不知道，是什麼?」

「『因為堅強所以美麗』，那是玉環以前在後宮時的暱稱。在玉環之後，再也沒有一名女子有資格繼承這個名字。玉環是最適合這個名字的女人，甚至讓人想要動手殺了她。」

十

「百合姊姊!妳不要緊吧!?」

「呃——這個……光，我回來了……」

回家路上，黎深沒有開口說過半句話。

然後，一抵達紅府的瞬間，就氣沖沖的關在自己房間不出來。

百合的腦子已經冷卻下來，有充分的餘裕冷靜反覆思索剛才的對話。

（……感覺黎深剛才，好像說了什麼很奇怪的話？）

說什麼我來娶妳之類的……是我聽錯了嗎？

（唔，算了。現在黎深氣得火冒三丈——我還打了他一巴掌……）

就在這個時候，悠舜突然從光的後方出現。

「哎呀，悠舜是你啊。」

「黎深拜託我把光送來貴府……百合小姐，我讓妳看一件有趣的東西。光，你可以帶路嗎？」

在兩人的帶領之下，百合看見的是一個小盆栽。

上面長出許多純白的蓓蕾，飽滿的花苞看起來隨時都會盛開。

「咦？這個，是搖錢樹……『會變出錢的樹』？唔哇——上面好多錢幣哦！」

「當還是小樹的時候，把錢幣夾在嫩葉之間，等樹木長大以後就會拿不下來。如果很有耐心的持續重複這個動作，看起來就會像現在這樣彷彿長了很多錢出來。現在正值開花時期，所以才會結了這麼多花苞。」

「原來如此——不過，我們家怎麼會有這個盆栽呢？」

悠舜微微一笑：

「這是黎深在國試期間，除了橘子以外，唯一帶來的隨身物品，唯獨這個盆栽他會親自照顧，所以被稱為『黎深之謎』。」

「……這的確是個謎團。黎深雖然喜歡拿錢嚇唬別人，但對於金錢本身並不是那麼喜好，甚至會直接掃一掃扔掉。」

「不。不知為什麼，黎深把這棵搖錢樹稱做『百合之樹』。」

百合愣住……百合之樹？

「……這並不是百合樹吧。」

「是的，確實是另外有一種名叫百合樹的植物，而這棵是搖錢樹，所以全是一團謎。不過，只有一次，黎深被飛翔灌了不少酒之後，低聲透露了幾句。他說那棵百合之樹是用來代替小豬撲滿的。」

百合這次著實瞪圓了雙眼……小豬撲滿……

那是百合心想著，有一天要離開紅家去見兄長一面，就算被殺也無所謂，所以瞞著大家私底下偷偷積蓄的撲滿，儲存的是小小的夢想與希望。不過有一天，撲滿被砸個粉碎，裡面的錢也不翼而飛，於是百合只能一邊哭一邊在李樹下彈奏琵琶。

（……為什麼黎深會知道小豬撲滿的事情——）

代替小豬撲滿，吊掛著沉甸甸錢幣的搖錢樹，百合之樹。

擦拭老舊的錢幣一看，製造年份已經是十年以上，其中還有銅錢。百合不經意看到錢幣背面時，突然愣住。錢幣一隅寫著小小的「百」字。百合習慣在自己的物品寫上記號，所以「也寫在小豬撲滿的錢幣上面」。

（……原本一直以為是母親大人，難不成摔壞撲滿的是……）

「在見到妳之後，我立刻恍然大悟。意思就是代表妳的樹吧，所以我覺得妳對黎深而言是相當特別的。」

悠舜在內心不斷的對鳳珠道歉。對不起鳳珠，你是一個個性正直、做事認真的人，就算少了百合小姐，未來還是有很多機會，應該吧。不過，個性是那副德性的黎深如果錯過了百合小姐，可能不，肯定不會再有任何機會，所以請你多多包涵——

「……無論黎深說了再難聽的話，妳固然生氣卻也予以包容。我想，黎深的身邊需要的就是這樣的人。」

「咦？」

「就是無論黎深做了什麼事都絕對不會討厭他的人，願意一直留在他身邊的人。不管做了什麼都會原諒他，也會一直喜歡他的人。」

『反正不管對百合說什麼，她都沒關係。』

這句話真正的含意。

「黎深一直從妳的身上學習與人相處的方式，究竟說了什麼話會惹人厭惡？惹人生氣？他不斷的藉由妳來記住這一線之隔。所以，他面對我們的態度從來不像對待妳那麼過分，也懂得向人道歉。」

這一切全是百合小姐教過的。

百合並不是一味的放任，也不是一味的默默服從。她會大發雷霆，大罵一頓，然後最後還是原諒黎深。正因為如此，黎深所說的，不管對百合小姐說些什麼她都沒關係——意思就是認為她會原諒他。真是個傲慢、愛撒嬌的小孩。

正如同小孩子無條件的對母親做出任性要求般，堅信無論做了什麼，最後一定會得到原諒的，徹底的撒嬌方式。

他不能用這種方式對待悠舜他們，如果不能遵守一般人最基本的禮節，一定會遭到排斥。真要形容的話，會像一個頑固的老頭一樣。

「妳也說過，黎深就像小孩子一樣，不懂得如何跟他人相處，情感的表達方式也很奇怪，因為他一直都是孤伶伶的。真的是這樣嗎？因為孤伶伶的黎深身邊有妳的緣故，才會明白這一點……正因為是孤伶伶一個人，黎深才會需要一個能夠接受他任性、胡鬧跟撒嬌的人不是嗎？」

百合確實一直待在黎深跟玖琅的身邊。

但是，只是待在身邊而已，百合一直這麼認為，因為她什麼也沒做。

「妳說過，妳只是隨便敷衍黎深而已，不過那是假的吧。妳對黎深真的非常了解。因為妳真的會生氣，真的有話直說，黎深才會按照妳的話去做。黎深的確是無可救藥，事到如今絕對沒有任何一位女性能夠從頭理解，並且願意接納那種無藥可救的男人。無論心胸再怎麼寬大的女性，絕對短短三天就會氣得離開。」

「……我不是黎深的母親，雖然比黎深年長。而且你的意思是要我跟那個冷酷無情的笨蛋相處一輩子嗎？我現在的人生已經跌到深不見底了。」

悠舜一時語塞，這番話讓他聽了感到相當難為情：

「可、可是，妳不是不討厭他嗎？」

「我討厭，討厭死了。誰要跟那種人相處一輩子，開什麼玩笑，聽了就覺得毛骨悚然。」

百合戳了戳搖錢樹的花苞，然後站起身來：

「我要去睡了。不管怎麼樣，黎深現在對我非常生氣，這件事是不可能的。」

百合別開臉，轉身離去。

百合回到自己的房間，開始迅速的處理紅家的工作。

聽起來好像是很美好，但悠舜並不知道真正的實情。

在這十幾年來，百合一直是以身為男孩的「讓葉」跟黎深相處，只有在這一個月，是以「百合」的身分面對黎深而已。怎麼想都覺得事情不可能像悠舜說的那麼美好。

要是受到那番話的影響，不知不覺產生「留在身邊也不錯」的想法，一切就完了。

（好險、好險。）

再怎麼說，對手可是黎深耶。一定會不幸，一定會吃苦，一切會變得一團混亂。趕快恢復理智吧，最好在神志不清之前趕快離開。首先必須先把尚未完成的工作處理完畢。

（明天，趁著天一亮就離開吧，玖琅不好意思，我只整理出一本新娘人選名冊，請多包涵了！）

雖然唯一放心不下的是光，但事後只要捎個信給玖琅，他一定會按照她的意思幫忙做好安排的。好，就這麼辦。

『黎深二少爺是不能沒有百合姊姊的。我知道，對於百合姊姊來說，黎深二少爺根本不是理想的對象，但是黎深二少爺只有百合姊姊而已，一定是這樣沒錯。我覺得百合姊姊最適合成為黎深二少爺的新娘，我只要百合姊姊來當我的母親。』

百合驀地想起光這番話，隨即用力搖頭甩開這個想法。

一邊喝著毫不知情的光送來的茶水，百合精力充沛的處理工作。

做著做著，不知為何突然有股強烈的睡意襲來，不知不覺就睡著了。

百合作了一個夢。

睜開眼發現自己在姮娥樓，往下一看，自己像個貴妃一樣全身掛滿珠寶首飾。

而出現在打扮得有如公主般的自己眼前的夢中王子，並不是鳳珠。

「……為什麼偏偏是黎深啊？」

「真是抱歉啊！」

一臉極度不悅的黎深打量了百合全身上下半晌後嗤笑道：

「……人要衣裝，佛要金裝嘛。」

太陽穴開始抽痛起來，身體也特別沉重，明明是在夢中，可是怎麼會這樣？雖然覺得不太對勁，但因為頭痛完全無法思考。話又說回來，頭怎麼會這麼痛啊？

「好了，坐下吧，反正很快就結束了。」

「咦？啊啊，唔嗯……」

結束？是什麼事情啊？呃，反正是夢，就不管那麼多了。

等到一早醒來，應該不至於逃不掉吧。想著想著，突然察覺到一件事，對了，鳳珠說過要幫我贖身，擺脫「冷酷無情的主人」，是不是要等到那一天比較好呢？

「……如果鳳珠要幫我贖身，那我就不用逃跑了。」

黎深的眉毛抽動了一下，不過意識模糊的百合並沒有發現。

（大哥說過不會殺我，記得縹家在貴陽也沒辦法使用法術……或許可以嫁給鳳珠好好過日子……黎深也說過要幫我安排……）

先書信往來當筆友，然後再一起去年糕紅豆湯店——真的可以幻想這麼幸福的美夢嗎？

這時，一個眼熟的頂級美女與黎深擦肩而過，走了進來。名為胡蝶的她，在夢中仍然是個絕世美女。胡蝶一邊拉著竹簾，稚氣未脫的雙眸閃閃發亮：

「全貴陽的富豪財主全部到齊了，姮娥樓大概也是有史以來第一次看到規模這麼龐大的贖身對戰。大東家也很興奮，還說這場盛會將可以持續流傳下去，這可是身為女人的福氣呢，百合小姐。」

「……咦？」

腦子一時轉不過來，什麼？到底發生什麼事情了？全貴陽的富豪財主？

啊，原來如此，現在這個夢就是夢到贖身的日子。

「目標是黃家的面具少爺，據說這幾天他已經動用了龐大的金額。不過，另外有謠傳，當今陛下也派了代理人參加……如果是來真的，那就會演變成勢均力敵的對決。」

陛下？大哥要為我贖身？大哥在我的夢中也來參戰了嗎？或許是見過面以後，好感稍微提升了一點的緣故吧。不過畢竟是在夢中，整個局面變得很匪夷所思，全貴陽的富豪財主為我展開贖身對戰。對了，負責扮演冷酷無情的主人黎深在做什麼啊？

（……話說回來，我曾希望自己這麼受歡迎嗎……真不敢相信……）

胡蝶把小小的紅唇湊向百合的耳朵，輕聲低喃道：

「不過呢，我覺得可以贏得百合小姐您的人並不是他們兩位。雖然只是女人的直覺，我想，應該是另一位——有著一雙看起來精明，卻略顯不懷好意的眼神——」

由於頭痛加劇，接下來的內容，百合完全聽不進去。

見百合忍不住雙手扶地，胡蝶連忙端來藥湯。

「您不要緊吧？請喝下這個，他說相當有效。」

或許應該先詢問「他」是誰才對，不過百合一下就喝光了抵在嘴邊的藥湯。

這時，竹簾的另一端傳來開門聲，大東家渾厚的嗓音聽起來似乎距離很遙遠。

「……即使贖身成功，如果最後『百合小姐』本身不願點頭，那麼贖身就不成立，這一點敬請各位多多包涵。那麼有意為傾國傾城的琵琶公主『百合』贖身的貴賓有——」

喝下藥湯之後，頭痛逐漸減緩，但相對的，一股強烈的睡意襲捲而來。到底怎麼回事？明明在夢中卻覺得很睏，即使在夢中，還是很好奇究竟是誰要替我贖身，然而好不容易睜開眼皮，竹簾另一端的對話幾乎左耳進右耳出。睡意愈來愈強烈，只能隱約分辨出金錢不斷累積的聲響，以及一旁的胡蝶嚥下口水的緊張模樣……不知經過多久，響起一陣吵鬧的喧譁聲。

過了半晌，一隻熟悉的手粗魯的伸到百合面前，胡蝶不知為何屏住氣息。

「喂，結束了，回家吧。」

由於覺得很眼熟，於是百合像小狗般「咚」的一聲，把手擺在對方手上，在夢中再度入睡。

●　●　●　●　●

……隱約傳來琵琶的琴音。

百合迷迷糊糊的睜開眼。

（咦、這是，黎深的琵琶？）

睡過頭的早上，眼皮總是有點浮腫。轉頭看向窗外，現在是夜晚。

什麼啊，百合以為自己還在作夢。生活習慣一向規律的百合，從來不曾在晚上醒來過，一定是剛才姮娥樓那個夢的延續吧。原本忙著處理工作，準備趁著一大早離開，入睡之後卻夢見姮娥樓，而且這次是夢見黎深在彈琵琶。

百合專心聆聽。黎深的琵琶還是一樣，格外的冰冷與任性。

驀地，想到這或許是最後一次聽到黎深的琵琶，就算在夢中也罷，她撐起有如鉛塊般沉重的身軀，想要走過去聆聽。反正醒來之後，一大早就得走了。

百合搖搖晃晃的走出房間。

一瞬間，心生一種不協調感，在夢中居然還會覺得肚子餓。

（……？好像不太對勁……怎麼回事？算了，反正是在作夢。）

黎深正在自己的房間彈奏琵琶。當百合悄悄的從房門探出頭之際，他僅稍微抬起視線，接下來視若無睹的繼續彈奏。

百合自行踩著小碎步走了進去，在黎深面前抱著雙膝坐下。閉上雙眼，似是假寐般的聆聽，直到樂曲的餘韻結束。

「……我還是喜歡你彈的琵琶，雖然你很少彈給我聽。」

「妳也一樣吧。」

「因為我一彈就會被拆穿呀，不是說我的琵琶跟母親大人很像嗎？我跟玉環母親大人的血緣關係一旦被發現，一定會給大家帶來困擾，也會被『影子』殺掉。」

所以，就算想彈也不能彈。

百合從玉環繼承過來的，只有琵琶的音色跟名字而已。

「如果你能夠保證，只要在我想聽的時候，你隨時都願意彈琵琶給我聽，那我倒是可以考慮嫁給你，考慮而已啦。」

黎深調整琵琶音律的手突然停下：

「是嗎？這點小事倒是可以讓步沒關係。」

「啊哈哈，讓步！居然從你的口中聽到讓步這個詞！！這是哪國話呀？我真的是在作夢沒錯。現實根本不可能發生這種事，沒想到會在夢中聽到，真感動。」

百合捧腹大笑。

黎深露出怒氣沖沖的表情。

百合仔細端詳他的臉，她並不討厭這張臉。

「……對了，雖然我跟悠舜說過很討厭你，其實並不會討厭。年紀比我小這一點我就睜一隻眼閉一隻眼吧。不過，我可不是你的母親。」

「啊？不要說這麼噁心的話行不行？我從來沒把妳當成我的母親。」

「隨便啦。反正我一醒來，一大早就得匆匆忙忙離開了。不過，說得——也是，既然是作夢就直說好了。『好吧，我敗給你了，留在你身邊總行了吧。沒辦法，就一直陪著你吧』。」

百合微微一笑：

「你要對我做什麼都行，隨你高興。不管你做了什麼，我都不會討厭你，就算你對我不夠溫柔體貼也沒關係，不管對我說再過分的話，事到如今我也不會討厭你。已經習慣了，早就是家常便飯了，早就不期待你會做到這種高難度的技術。真是的——你實在很差勁耶！每次都在心裡罵個不停，但也跟你相處了十年以上。事到如今，不管發生什麼事情，我都會喜歡你。老實說，你在我心目中的評價早就跌到谷底了，因為也沒辦法再繼續下跌，所以就只好喜歡你了，你要是真的做了什麼讓我感動的事，我會完全喜歡上你也不奇怪。真是不可思議，之所以一直停留在谷底的原因就是，你在這十多年來只有差勁的表現。這算哪門子的特技啊……我很清楚。像這樣陪伴在你身邊直到世界末日，對我來說並不是多麼困難的事情。」

「那就做吧。」

「在夢中你的口氣也這麼大呀！才不要。可以的話，現在也不想認真跟你交往。你要是以為我會一直妥協下去那就大錯特錯了。所以，我離開時會偷偷拿走『百合之樹』。給我好不好？我很喜歡，送我啦。」

「不行，妳要留下來，反正妳一定會妥協。」

百合感到不悅：

「才不會。」

「會。妳從來沒有一次不聽從我說的話。」

「……吵、吵死了。不過，這次不行。誰要嫁給一個任性，自私又冷淡的男人。而且我已經當場拒絕了，不可能的。那個時候打了你一巴掌真是抱歉。」

百合伸出手，觸摸黎深挨了她一巴掌的臉頰。果然是夢，已經完全復原了。

感覺黎深的雙眸在瞬間似乎動搖了一下，只是輕微到幾乎無法察覺。

「現在還來得及，只要妳收回那句話，那我也不是不可以破例，當作從來沒有發生過這回事。」

「你的態度怎麼這麼目中無人吶！不行、不行，我喜歡的是你大哥。啊——不過比起邵可大少爺，我可能比較喜歡你，因為我討厭邵可大少爺的溫柔，像你這種冷冰冰的個性比較好懂，也不會因此受傷害。」

百合把臉埋進膝蓋之間。

「……真狡猾。對我說，我可以放心的把黎深跟玖琅交給妳這種話，這樣我不就走不開了嗎？你說對不對？玩弄女人心是最差勁的了。可是，我喜歡跟你一起等待邵可大少爺回來。因為有你跟玖琅，所以他一定會回來的，而且玖琅也很可愛——」

「大哥已經娶了老婆，還有一個可愛的女兒，沒有任何商量的餘地了，妳死心吧。」

「我知道。至少讓我感傷一下嘛……因為以後再也聽不到邵可大少爺的琵琶了。」

這時傳來撥動琴弦的聲響。

「只要妳想聽，我隨時彈琵琶給妳聽。」

百合帶著幾乎要哭出來的表情笑了。夢中的黎深真體貼。

「……不要，我才不要嫁給你。因為比起我，你一定會更喜歡邵可大少爺跟秀麗小姐對不對？」

「那是當然，沒有任何商量的餘地。」

「……我說你，以後對喜歡的姑娘求婚時，千萬不可以講出這種話知道嗎？不然保證會被甩掉的。對了，你看過我挑選的那些姑娘了嗎？那可是我為你精挑細選的哦，全部都是可愛的女孩子。祝你下次求婚成功，再見了黎深。」

「什麼再見。那本無聊的名冊我早就丟進火裡燒掉了。」

「什麼!?你這個人怎麼這樣啊!我的心血轉眼間全泡湯了!!以後你自己去找!」

「——百合!」

黎深猛然站起身的瞬間,第一次放聲大吼:

「雖然大哥跟秀麗是特別的,但是我只在妳面前彈琵琶……就算秀麗再怎麼要求我也不會彈……我會盡量朝這個方向努力……不要走。」

百合大吃一驚。真的是夢沒錯,沒想到黎深會說出這種話。

「……真是的,從來沒看過像你這麼任性、貪心又沒良心的人。你的意思是,雖然把我排在第三名,卻希望我可以把你擺在第一位,永遠都不要變心是嗎?臉皮真是厚到家了。大概也只有我聽得出來,你這麼差勁的表白是你竭盡所能做出最真誠的表白。就因為我從來不拒絕你任性的要求又太過寵你,你才會變成這樣……算了,反正我也不討厭放任你為所欲為,還有你任性的要求。」

輕輕拉扯黎深的瀏海。

黎深一直很孩子氣。留在他的身邊,是的——並不討厭。

百合從來不曾想要改變黎深,即使他不改變也能夠一直留在他身邊。

「……鳥籠住起來很舒服,而且你從來沒有對我說過半句謊話。謝謝你幫我打開鳥籠。雖然在打開鳥籠之後,我很想留下來繼續照顧你,但是我真的非離開不可了。」

「妳要上哪去?」

「只要沒有你的地方哪裡都行,就算在縹家修行成為巫女也無所謂,再繼續跟你在一起,我很有可能會不小心做出愚蠢的選擇。你是我這輩子看過最差勁的男人,怎麼可能再繼續跟這種人相處。要是被纏上了,我這一生也就完了。」

黎深嗤之以鼻:

「已經來不及了。」

「來得及。跟你不一樣,我一直都有參與處理紅家的事業,處事手腕跟訂定計畫之周詳向來是出了名的,我甚至連可以完全擺脫的方法都考慮到了。」

「來不及了。在妳熟睡的時候,事情已經全部結束了。因為讓妳意識清醒會很麻煩,所以在茶裡加了藥,不過——在姮娥樓讓妳喝的藥,效果好像太好了點。妳從頭笑到尾,還不斷說些沒頭沒腦的事情,而且睡太久了。已經過了好幾天,現在已經接近滿月了。」

停頓了一下,百合隨即奔至窗邊。百合的生理時鐘跟月亮的圓缺確實截然不同,所謂的不協調感就是這個緣故嗎。不,最重要的是——

「姮、姮娥樓?那是,我在作夢吧?對不對?快告訴我。」

黎深並未說明是夢境還是現實。

「我吩咐玖琅準備好現金,到姮娥樓為妳贖身。為了不讓鳳珠籌措到現金,所以大肆宣傳贖身對戰的消息，以便讓資金分散，想不到連重量級的人物也前來參加。由於冷酷無情的主人加上混蛋國王的出現，鳳珠誤以為妳是國王的情婦。在黃家、紅家、王家摩拳擦掌的贖身對戰當中，『百合』已經成為傳說中的當代名妓了。」

「那是什麼跟什麼啊！不會是鳳珠為了替我贖身而四處奔走，卻仍然差了國王陛下一點點，於是身為朋友的你拔刀相助這麼美好的構圖吧？」

「沒錯。」

「給我等一下!!你動用了多少錢!!」

黎深的回答讓百合聽了眼珠子差點沒掉出來。

「別說黃家，現在的貴陽紅家也不可能動用這麼龐大的現金!!」

「找就有啦。」

「當然找就有沒錯，但是玖琅怎麼可能允許你做出這種蠢事！」

「我跟他說要娶妳為妻，他就排山倒海的送來一大筆錢，說需要多少儘管告訴他。」

「不可能！那個可愛的玖琅怎麼會這樣狠心的對待我！不，是夢，一定是夢！我不必這麼緊張。等到我回床鋪睡一覺，醒來之後，就可以趁早逃之夭夭。再見了！」

「順便告訴妳一件事，我已經幫妳登記入籍了，妳現在是光的母親了。」

「……這倒是沒關係，不過父親是誰啊？」

「就在妳眼前，明天早膳是年糕紅豆湯。」

「為什麼又是年糕紅豆湯？不，算了。再想下去腦袋會一團混亂。不要緊，黎深絕對不會背叛好朋友鳳珠的。一切全是夢，什麼父親啊，開什麼玩笑。」

「趁傷口還淺的時候比較好，我用妳的筆跡代替妳寫了一封信。『我沒辦法以你妻子的身分站在你那張臉旁邊，我要嫁給為我贖身的黎深。』放心好了，我做事是不會出紕漏的。」

百合仔細盯著黎深……

「——等一下!!這下子我的立場會變成什麼樣子！不就成了一個壞到骨子裡的蛇蠍女人了嗎!!你怎麼這麼差勁！居然為了不想失去友情就拿我當擋箭牌!!讓女人扮黑臉，好事全往自己身上攬，你還算是個男人嗎!!」

「到現在妳才知道？」

「當然早就知道了，只不過你開什麼玩笑啊！鳳珠跟我豈不是太可憐了!!以後再也沒臉見他了啦！看你做了什麼好事！他可是除了邵可大少爺以外，第一個讓我心動的人耶!!」

黎深愈聽愈火大。才剛新婚而已，百合居然是這種態度。

「吵死了！打從一開始妳的意思根本就不重要，妳沒有選擇的權利。妳剛才不是說過，不管我對妳做了什麼，妳都不會討厭我的嗎！」

「收回！我收回剛才說的話!!太過分了！差勁透了！我討厭死你了！」

「反正已經有小孩子了，暫時就不用擔心了。」

「啊啊是啊，要是有了小孩你就註定一輩子當紅家宗主！好啊，求之不得！鬼才跟你談情說愛咧！那剛新婚就馬上分居了吧。太棒了，我太幸福了。我要帶光離開！以後光就由我好好扶養長大成人。」

百合自暴自棄的高舉雙手大喊萬歲，已經分不清現在是夢境還是現實。

黎深帶著一副瞧不起人的目光看著百合：

「妳在胡說些什麼？不用自己生小孩就可以擁有小孩的方法多的是。妳不知道嗎？況且妳要是不在，誰來幫我剪頭髮。妳以為我會同意分居嗎？」

「蠻橫不講理！我才不想知道那種事情！不必告訴我沒關係。我是絕對不會任由一個年紀比我小的人擺布的！我才不要這種奇怪的丈夫啦～～！這下我的人生變得亂七八糟了。」

百合開始哇哇大哭起來，看來藥效繼續往奇怪的方向持續發展。

「誰是奇怪的丈夫啊！真的討厭到要哭成這樣嗎！可惡——快睡覺啦!!」

面對情緒起伏不定的百合，黎深咂嘴一聲然後彈起琵琶。

這時百合踩著小碎步湊近琵琶，不久之後，似是感覺相當舒服一般，把臉頰貼著黎深盤坐的腿上，就這樣在膝蓋上睡著了。這個行為怎麼看都覺得是喜歡琵琶勝過黎深。

「……」

黎深再次咂嘴。居然騙我。

說什麼只要彈琵琶就一定會喜歡我，根本一點用也沒有。

『……黎深，我只有一個忠告。你要追隨邵可大少爺也沒關係，但是你如果還會稍微在意除此之外的事物，那就千萬不要錯過，一定要牢牢抓住，不要放開。因為那一定是你這一生不可或缺的事物。』

終

受到優美的琵琶琴音吸引，蕾君走到庭院，看見一名女子正在秀麗身邊彈奏琵琶。

蕾君一眼就看出她的身分：

「您是百合姑娘嗎？」

百合正面看著薔君，微微一笑：

「……很抱歉這麼晚才前來拜訪，小女子名叫百合。」

琵琶的音色讓秀麗聽得入迷，不知不覺打起盹來，很快就睡得十分香甜。

「呵呵，難怪黎深會追著到處跑，您家千金真的好可愛。」

「那是當然。唔呼呼。新婚生活如何？」

百合表情僵硬，讓她想起了不愉快的回憶。

「……總之不管從哪個角度看，都是糟糕透頂的生活。老是做些惹人討厭的事情，而且不知道為什麼每隔三天就要吃一次年糕紅豆湯，日子過得愈來愈讓人一頭霧水了。」

「那可會比較好嗎？」

「……我不要那種木頭人，還是全權交給大嫂您處置吧。」

百合笑道。

薔君的眼眸掠過充滿興致的目光。黎深曾經有一次提到過百合。

那時黎深一面幫搖錢樹澆水，同時頻頻咂嘴，口中不斷叨念著「到底要等多久那個丫頭才會回來啊？」薔君著實吃了一驚，她是第一次看見那個黎深擔心「別人」，而且默默「忍耐」的模樣。接下來，得知他一點也不覺得那是在忍耐，又是再次吃了一驚。

從此以後，蕾君就一直想與那位姑娘見上一面，就算只有一次也無妨。

想要見到那位讓邵可願意由她代替自己照顧兩個重要弟弟的，唯一一名女子。

就在這個時候，一名少年帶著毛毯走近秀麗。百合吃了一驚。

這個名叫靜蘭的少年一看見百合，隨即稍微行禮。這個時候可以看見他的懷中塞了老舊的深紅色小布球……拿的是跟劉輝皇子一樣的小布球。

另一名侄兒，原本想如果見了面一定要跟他說說話。

「你有沒有按照三餐吃飯？」

少年面露略顯訝異的表情，僅僅回答了一句「有的」。跟劉輝一樣，臉上表情沒有什麼變化。

「是嗎？」百合微微一笑。這麼一來，他們兩人總有一天一定可以見面的。

與百合擦肩而過之際，她那微鬈的長髮有種似曾相識的感覺，於是靜蘭突然回過頭。

（她的頭髮跟父王還有……劉輝好像……）

靜蘭從外衣上面按著胸前的小布球，微乎其微的，淺淺一笑。

百合在離開之前，去見了邵可一面。

「百合小姐……好久不見了。」

邵可看著百合，臉上浮現略顯為難的苦笑：

「……妳願意嫁給黎深，我非常高興。不過心裡也有些許的罪惡感……真對不起。明明隨時都有機會給妳自由，我卻沒有那麼做。因為我希望不是別人，而是妳能留在黎深跟玖琅的身邊。」

這個人真狡猾。百合將內心早就想過上百萬次的念頭，再一次隨著嘆息低聲喃道。

不過，胸口再也不會隱隱作痛，因為現在只要一想到黎深就頭痛得要命。

「謝謝妳代替我，一直留在黎深跟玖琅身邊……妳生氣了？」

「當然生氣。你們紅家三兄弟就算嘴上道歉，到頭來卻還是明知故犯。」

「……」

被發現了，邵可冷汗直流。照這種情況下去，邵可跟玖琅一直希望百合嫁給黎深的想法很有可能被拆穿。

「百合小姐，如果是最喜歡的，黎深絕對不會說出口，無論李樹的花還有妳的琵琶都一樣。當我回去勸黎深擔任宗主的時候，他曾經低聲說妳『說過會瞧不起他』，但這件事情黎深是絕對不會說出口的。不過，我想妳一定可以明白，所以我也放心不少。」

看來黎深愛上了某個女子，用他那種乖僻任性的愛情表現。

見百合目光遊移，並且嘆了一口氣，於是邵可微微一笑。她果然可以理解。

「謝謝妳願意接受黎深……祝你們幸福。」

百合撫著手上的琵琶，那是邵可送給她的琵琶。

「……剛才，我彈了琵琶給秀麗聽。」

或許不會再代替邵可彈奏了吧。

邵可教她的琵琶。

「我有空會再來彈的，大哥。請多保重。」

走出邵可府邸，行跡可疑的丈夫（丈夫！）仍然一如往常繞來繞去。

百合視若無睹的繼續往前走，令人訝異的是，黎深居然緊緊跟在百合的身後。

「喂、百合。要記得妳跟大哥只是單純的大伯跟弟妹關係啊。」

「是、是。你是想說自己才是排行第一，感情不可以太好對不對？」

黎深一臉不悅，噤口不語。

百合不再取笑他，然後轉過頭來。百合很清楚黎深總是被邵可拋下不管。

「……我不會離開的，不會丟下你不管。我已經做好留在你身邊的覺悟了。沒辦法，到死為止都會陪伴著你……我保證。」

黎深只是「啪啦」一聲甩開扇子代替回答：

「百合，趕快把秀麗跟大哥的情況說來給我聽聽吧。」

百合手扶著額頭。一恢復精神就是這副德性，真是個差勁透頂的丈夫。不過，算了。

「如果你今晚也彈琵琶給我聽，我就告訴你。」

跟一向失約的邵可不同，黎深一直──唯獨──遵守著這個約定。

……於是讓葉就此消失了。

那一天，百合在李樹下一邊流淚一邊彈奏琵琶。

打從第一次聽見開始，黎深就很喜歡她的琴音，但是只有那一天，黎深並不想聽到她的琵琶琴音。不久之前，黎深在百合的房間發現了寫著「旅費」的小豬撲滿，於是他憤而摔碎了撲滿。她準備上哪兒去？可是，看到百合哭泣反而更加焦慮不安，其實他對「讓葉」也看不順眼。

見到大哥說出這件事情，只見大哥手扶著額頭，嘆了一口氣：

「那麼黎深，我把這棵樹送給你，你要代替你摔壞的小豬撲滿好好照顧這棵樹，當這棵樹上結滿錢幣的時候，你再交給她。到時候，你應該會知道該怎麼做才對。如果還是不知道，就一直照顧下去，直到你想清楚為止。」

我們總有一天必須讓她擺脫這個家的束縛重獲自由，可是既然你希望再一次聽到百合的琵琶，就必須好好思考應該怎麼做，而不是摔壞小豬撲滿，害她傷心難過，讓她哪裡都去不了。

你要思考的是，即使打開鳥籠，她仍然願意跟你在一起的方法。

後記

已經到了賞月跟賞楓的季節了，不知大家近況如何？

感謝您購買第三本短篇集「白百合」。本書內容是以前在《The Beans》雜誌上發表的兩個短篇，再加上一篇新稿。

雖說是短篇集，不過由於繼承了跟「白虹」相同的顏色以及頁數，所以又是厚厚一大本，真不好意思……原因就是封面正中央的那個人害的，沒想到為了黎深所寫的新稿占了這麼多頁數……然後在看到推開劉輝跟秀麗，一副「本大爺才是主角」的封面的瞬間，立刻捧腹大笑，說這到底是誰的妄想啊？

新稿當中，按照副標題所寫，到目前為止只出現名字的人物登場了，年輕時期的黎深，悠舜還有奇人，正當他們在正篇中逐漸產生變化之際，能夠寫出這個時代的他們，好像完成了一幅拼圖，感覺相當不可思議，希望大家會喜歡。

接下來，還有一個極短篇，雖然真的是非常的短。

那麼最後，由衷感謝畫出令人莞爾一笑封面的由羅カイリ老師，以及所有讀者。大家的來信與禮物都是我最重要的寶物——那麼，下次再會。

雪乃紗衣

「喂，絳攸，黎深大人的夫人到底是什麼樣的人啊？」

楸瑛突如其來的問題讓絳攸挑起眉：「你沒頭沒腦的問這個做什麼？」

「因為很好奇嘛！她可是那位黎深大人的夫人耶？想必絕非泛泛之輩。喂喂，可不可以讓我見見她？真的很想拜見一下。」

「誰要讓你這個腦袋四季如春的傢伙見她一面！況且很遺憾，百合義母經常不在家。」

「咦？為什麼？」

絳攸停頓了片刻之後，才低聲招認：

「……因、因為黎深義父……都不管紅家的工作，所以要代替他東奔西走……」

「唔哇——好賢慧的夫人啊，『百合義母』一定很幸福吧。」

絳攸無法回應這句話。

當絳攸默默回到家的時候，整座府邸感覺相當熱鬧。絳攸大吃一驚，難不成？

為了尋找百合，在塔奴塔奴府邸繞來繞去，好不容易來到了百合的房間。

「百合義──」

一推開房門，百合立刻回過頭來，同時「噓」的以食指抵著嘴唇。

定睛一看，黎深枕在百合的大腿上睡著了。見百合手上拿著耳掏，看來是在掏耳朵時睡著的。

絳攸心想是不是應該迴避，可是又不知道下次什麼時候才能再見到百合。正當他猶豫之際，百合笑著向他招手，於是絳攸躡手躡腳的輕輕走近。

「工作辛苦了，絳攸。見到你真是太高興了，聽說你在吏部很忙……怎麼一臉悶悶不樂的？」

絳攸交互望著百合跟黎深，回想起楸瑛說過的話。

『「百合義母」一定很幸福吧。』

……他現在還是覺得，黎深只有百合一個人而已，但是對於百合來說，黎深怎麼說都不是最理想的對象，因為黎深什麼事都要百合照顧，任性到了極點。宗主堆積如山的工作也全部由百合代為處理，而黎深卻從來沒有為百合做過任何事情。

百合的話，想必不怕找不到能夠讓她過得幸福快樂的對象。明知如此，絳攸卻怎麼也說不出口。他一直在想，如果當時沒有自己的懇求──

「妳、妳會不會……後悔嫁給黎深義父……」

「這個嘛。他確實是最差勁的丈夫，我代替他四處奔波的時候，他居然突然捎信要我立刻趕回來幫他剪頭髮，一回來就得配合他數也數不清的任性要求。」

像現在，回來也不得喘息，還要幫他掏耳朵，跟溫柔體貼的夫婿形象簡直差了十萬八千里。

「……可是，我並不是被迫跟他在一起的，是我自己這麼決定的。」

即使被迫登記入籍，隨時都可以撤銷，但百合並沒有這麼做。

「為什麼呢？」

「為什麼啊？」

只讓百合剪頭髮，只想枕在百合的腿上。黎深一定要百合把他擺在第一位才甘願，直到現在黎深還一直確認百合是否真的會回來，或許那令人不敢置信的任性又稚氣的獨占欲，也讓人很開心。

「就跟你到現在一直沒有離開黎深是相同的理由不是嗎？」

絳攸噤口不語。百合看著絳攸成為一位優秀的青年，內心感到相當欣慰……不過，正因為個性太過老實，想跟百合一樣讀出黎深言行之中的含意，或許還需要一點時間吧。

總是被邵可拋下不管的黎深。可是正因為絳攸代替百合一直陪伴在身邊，所以黎深才有辦法忍受百合在外四處奔波……不知道什麼時候絳攸才會察覺到這一點？

察覺到他對黎深而言，就跟百合和邵可一樣已經成為「絕對不會背叛的存在」。

「放心好了，絳攸。我是自己決定要留下來的，我很幸福，哪兒也不會去。」

知道枕在腿上的黎深是故意裝睡，百合特地為了丈夫與兒子如此強調。

國家圖書館出版品預行編目資料

彩雲國物語：鄰家白百合/ 雪乃紗衣作；呂相儒譯.
-- 初版. -- 臺北市：臺灣國際角川,2009.02
面；　公分. -- (Kadokawa fantastic novels)
譯自：彩雲国物語　隣の百合は白
ISBN 978-986-174-951-8(平裝)

861.57　　97024054

Kadokawa
Fantastic
Novels

彩雲國物語　鄰家白百合

（原著名：彩雲国物語　隣の百合は白）

2024年4月30日　二版第1刷發行

作　　者：雪乃紗衣
插　　畫：由羅カイリ
譯　　者：呂相儒

發 行 人：台灣角川股份有限公司
總　　監：呂慧君
總 編 輯：蔡佩芬
主　　編：林秀儒
編　　輯：黎夢萍
設計指導：陳晞叡
美術設計：宋芳茹
印　　務：李明修（主任）、張加恩（主任）、張凱棋

發 行 所：台灣角川股份有限公司
地　　址：104台北市中山區松江路223號3樓
電　　話：(02) 2515-3000
傳　　真：(02) 2515-0033
網　　址：www.kadokawa.com.tw
劃撥帳戶：台灣角川股份有限公司
劃撥帳號：19487412
法律顧問：有澤法律事務所
製　　版：巨茂科技印刷有限公司
ISBN：978-986-174-951-8

※版權所有，未經許可，不許轉載。
※本書如有破損、裝訂錯誤，請持購買憑證回原購買處或連同憑證寄回出版社更換。

©Sai YUKINO 2007
First published in Japan in 2007 by KADOKAWA CORPORATION, Tokyo.
Complex Chinese translation rights arranged with KADOKAWA CORPORATION, Tokyo.